1
Hachihana
八華
[ill.] Tam-U
JN007591
異世界で
天才画家に
なってみた

転生者の天才画家
アレン
後継者問題を抱える
公爵家の令嬢
シルヴィア
年の離れたアレンの妹
フランセット

女王陛下
お気に入りの侯爵
バルバストル
ロア王国を統べる
若き女王
エスメラルダ
王国一の
人気劇場支配人
デュロン夫人

「あら、地味じゃない？
ほとんど飾り気のない
デザインだけど……」
「お嬢様はそのままで美しい、
印象的な二重まぶたと
高い鼻筋をお持ちです。
ドレスはお嬢様の美しさの
三歩後ろを歩くような
もので十分です」

CONTENTS

第1章　もしも神絵が描けたなら

1　謎のゲームアプリ

　絵を描くことが好きだった。

　才能はなかったけど。

　学生時代のノートは落書きだらけ。イラスト投稿用のＳＮＳアカウントも持っていた。

　描くだけでなく、好きな漫画家さんやイラストレーターさんの作品を眺めているだけで幸せだった。

　でも、絵を仕事にするのは無理だった。

　俺の絵は、ＳＮＳに流れてくる多くの絵師たちの作品よりはるかに劣るもので、資料を集めてどんなに描き方の勉強をしても、エロ絵に走っても、もらえる〝いいね！〟の数は二桁が限度だった。

　中途半端な才能すらなかった俺は、おかげで大学を卒業する頃にはスパッと夢を諦めて、普通に就職することができた。

　自分で描かなくなった後もネットを巡回して神絵のコレクションを増やし、それはそれで楽しくやれていた。

　でも、やっぱりどこかに燻《くす》ぶる気持ちはあったんだと思う。——ネットで見かけた怪しげな記事を、うっかりタップしてしまうくらいには。

「自分の人生に不満を持つ人へのライフハック？」

めずらしく仕事が早く終わった金曜日の油断。

自宅でスマホ片手に寛《くつろ》いでいたら、怪しい広告を発見し、冷やかしでページを開いてしまった。

「なになに……『現実とは別の世界で、望む能力を得て活躍する自分をイメージしてみましょう。そうすれば、あなたの本当の気持ちに向き合えるかもしれません』とな」

記事には天空の城や光る植物など、ファンタジー世界を描いたイラストが何枚か添えられていた。

「あ〜、これ、詐欺っぽいセミナーの勧誘じゃなくて、ゲームの広告だったのか」

まんまと釣られたわけだけど、その背景イラストは俺好みだった。

——無料のアプリをダウンロードして試してみるくらいなら、いいかな。

俺は記事の下のリンクをタップして、スマホにそのゲームアプリをインストールした。

「起動……キャラメイキング。『なりたい職業を選んでください』？」

お決まりのキャラクリエイト画面。３Ｄのキャラクターが、大きな鎧《よろい》を着たり、魔法使いのとんがり帽子をかぶったりしてポーズをとっている。

「……うーん、別に、戦士にも黒魔導士にもなりたくないんだけどなぁ。こんなところにイラストレーターなんて選択肢があるわけ……あった!?」

なんだこれ？

選択肢に、画家、彫刻家、建築家とかもあるぞ。

選べる職業の数がものすごく多い。

どういうゲームなんだろう。

戦闘職以外がこれだけ充実しているってことは、スローライフを楽しむようなほのぼの系かな。

「ジョブを画家にして……次は、『キャラクターの能力を選んでください（残ポイント100）』か」

スローライフでスキル制のゲームなのか。

「スキルの数もめちゃくちゃ多いな。ふむ……検索で絞り込み……ポイント100を消費しきるまで好きなスキルを選べるみたいだな。妄想がはかどるぜ」

いつしか夢中になっていた俺は、最強チート画家キャラを目指してスキルを選んでいった。

「俺の一番の望みは……やっぱかっこいい絵を描くことだな！　自分で見てもダサいと思ってしまうような絵はもう描きたくないんだ！　神絵師さんの絵は、原色を組み合わせても画面がごちゃごちゃしないし、構図もすごく見栄《みば》えがする。ああいうセンスに憧れるんだよなぁ」

「好きなイラストレーターさんの絵は、とにかく細部まで神経が行き届いている。俺が描くとどっか雑になっちゃうんだけど。写実的でリアリティのあるファンタジー作品とか描いてみたいよな」

「テレビ番組で、絵のうまい芸能人は、水彩画でも色鉛筆でも、何でもすごい作品を描いてたよな。もしチートな能力が手に入るなら、あんなふうにどんな画材でもすぐに対応できる才能が欲しい」

などと妄想を膨らませてスキルを選ぶこと数十分――。

「よし！　これでどうだ？」

俺の選んだスキルは、

・神に与えられたセンス（あらゆるデザインでセンスの良さを発揮する）
・緻密な描写力（一定距離と時間で観察したものは必ず正確に描写できる。想像上のものもリアルに描ける）
・弘法筆《こうぼうふで》を選ばず（平面に描くものなら何にでも対応できる。扱いにくい顔料の成分なども自在に操れる）

……うん。とってもチートだな。俺の考えた最強の画家って感じだ。

「でも、ポイントが15ほど余ったな。あれ？　下の方にまだポイントを使う設定があるぞ。『生まれ変わる世界を選んでください』だって？」

どういうことだ？

ゲームで生まれ変わる世界って言ったら、サーバーの選択のことだろうけど、それにしては選択肢が変だ。「争いの絶えない世界」とか、「英雄を必要とする世界」とか、「比較的平和な世界」とか。

……もっと細かい指定もできるようだけど、具体的になるほどポイントが高くなっていた。

「まあ、画家をやるなら『比較的平和な世界（ランダム）』だろうな。5ポイントで選べるし」

さらに下の方には、生まれ変わる身分の設定もあった。

「貧乏すぎると、才能はあっても絵を描く機会がないかもしれない。時代設定によっては紙が超貴重なものだし」

それならと、俺は「裕福な家の生まれ（ランダム）」を残りの10ポイントで選んだ。

「これで完了」

アプリの決定ボタンを押すと、画面が切り替わり、一つのメッセージウィンドウが現れた。


《大人の意識を持ったまま赤子に転生するのには苦痛を伴います。子ども時代を早送りして成人(十八歳）からスタートすることができます。実行しますか？　はい／いいえ》

……本当に転生するみたいな書き方だな。

うーん、よくある転生モノの漫画を参考にするなら、十歳前後からスタートするのが良さそうなんだけど。大人の心を持って新生児をやるのが苦痛なのはなんとなく分かるし、〇～十歳まで早送りとかはできないのかな。

画面の端にあったヘルプの「？」アイコンをタップすると、スタート時の年齢を指定するにはポイントが必要なのだと教えてくれた。

まあ、いいや。このまま「はい」を押そう。しょせん無料のゲームだし、すぐに絵を描ける状態ならそれでいいや。

《準備が整いました。転生を実行します》

そのメッセージを読んだ瞬間、スマホの画面から強い光が放たれ、画面に吸い込まれるような不思議な感覚がした。

すると、たちまち俺は強い眠気に襲われて意識を失った。

夢の中で、俺は赤ん坊になっていた。

生まれた直後からの人生が、オートモードの早送りで進んでいく。

まるで、寝る前に設定したゲームアプリ通りに本当に転生したみたいだった。

俺の生まれ変わり先は、魔法や魔物が存在する異世界の、とある平和な王国の、裕福な商人の家だった。

父親は富裕層向けに手広く商売をしている商会のトップで、俺はその長男。下に、妹が一人いた。

幽体離脱したかのように背後に浮かぶ俺の意識の前で、俺の身体《からだ》は赤ちゃんから早送りで成長していった。

すくすくと育った俺は、黒髪黒目のひょろっとした少年になった。前世の俺の十代の頃に似ている。昔の俺をイケメン寄りに修正したらこんな感じになるかもって容姿だ。

そんな俺が十六歳のとき、父親が俺に婚約者を見つけてきた。

相手は子爵家のご令嬢、政略結婚だ。

子爵令嬢の家は金銭を必要とし、俺の家は貴族に商品を売り込む伝手《つて》を求めていた。相互に利益を得られる、家のための契約だ。

現代日本人の感覚からすると、「子どもの気持ちも考えろ」と言いたくもなるが、こっちの世界ではこれが普通のようだった。オートモードの俺も納得して受け入れていた。

そんなだから、俺と婚約者の間には愛も恋もなかった。オートモードの俺は感情の起伏に乏しく、無難な行動を取り続ける。爵位のない俺の家を見下す婚約者に当たらず障らずの態度でいる内に、相手はどんどん増長していった。

俺の婚約者は高飛車で高慢、爵位を持たない俺の家を馬鹿にする嫌な女だった。もし、オートモードでなく俺自身が行動していたなら、父に抗議して婚約を考え直してもらっていたかもしれない。いくら貴族の伝手が欲しいからといって、あんな女を身内に引き込んだら、ろくなことにならない気がした。


そして、俺の十八歳の誕生日が間近になったある日の夜会で、案の定、事件が起きた。

婚約者と一緒に参加した、華やかな上流階級の宴《うたげ》。来場客との話に気を取られて、俺は婚約者の姿を見失っていた。

給仕から彼女が休憩室に向かったことを聞いた俺は、そろそろ帰ろうかと彼女を迎えに行った。人気《ひとけ》のない廊下を歩いて休憩室の扉を開く。

そこには肌を露出して甘い息を吐く婚約者がいた。

彼女に覆いかぶさる男は、商家の生まれである俺が一目で分かる最高級の生地で仕立てたスーツを着ていた。

オートモード中の俺は音を立てて扉を大きく開き、取り乱した声で中の二人に抗議した。

だが、相手が悪い。

見るからに高位の貴族だった浮気男は、無礼討ちだとばかりに、躊躇《ちゅうちょ》なく俺を攻撃してきた。

浮気男の放った風魔法に切り刻まれて、俺の身体から見たことのない量の血が噴き出す。

失血のショックで意識を失い、そのまま——俺は息を引き取った。

…………

…………

……

——って、

「なんでやねん！」

ガバリとベッドから上体を起こす。

思わず古典的なツッコミが口から出ていた。

酷《ひど》い夢だった。というか、夢の中でこんなトンデモ展開を作り出した自分の頭が信じられない。

……って、あれ？

独身の俺の家のベッドとは思えない真っ白なシーツが目に入る。

優雅に花まで飾られた広い部屋。

「ここ、どこだ？」

変な夢を見て目覚めたと思ったのに、まだ夢の続きなのだろうか。

自分の手を握ったり開いたりしてみる。

さっきまでと違って、身体が自由に動いた。

「まさか、本当に……ゲームの設定通りに生まれ変わってる？」

あのゲームアプリの通りなら、今の俺は十八歳の画家チートキャラだ。

「でも、さっき死んでなかったっけ？」

オートモードの俺は、性悪婚約者の浮気相手に逆ギレされて殺害された。大量の血が出て……あれは致命傷だったように思う。

しかし、今の俺の身体には見たところ傷一つなかった。

ちょっと状況が分からない。

俺はきょろきょろと部屋の中を見回した。

すると、ベッドサイドのテーブルに、一通の手紙が置いてあるのに気づいた。

『運営より　不具合の発生とお詫《わ》びについて』

封筒を開けた瞬間、中の手紙は光の粒子となって消え、代わりに、目の前にタブレット端末のようなデジタルな画面が現れた。

《不具合の発生とお詫びについて
転生移行中にオートモードＡＩの判断ミスで死亡事故が発生いたしました。このたびはご迷惑をおかけして誠に申し訳ございませんでした。

現在は蘇生《そせい》により問題は解決しております。

負傷した身体は、当システムによって跡が残らないように完治させました。

トラブルのお詫びとして、以下の二つの能力を無償配布いたします。
・メモ帳（この画面のことです。ご自身で取得した情報を保存することができます。メモ帳の画面はスキル使用者にのみ見えています）
・神眼（絵に描いた対象の情報を読み取る鑑定能力です。対象をしっかりそれと分かるように描くと発動します。鑑定結果は前記のメモ帳に記入されます）
なお、今回の件に関するお問い合わせや苦情はお控えくださるようお願いいたします》

「…………」

俺は目の前の画面に向かって勢いよく手を上げた。

「なんでやねんっ！」

スカッ。

不思議な画面には実体がないのか、触れることができない。

「……くぅぅぅ」

俺の頭は非常に混乱していた。

わけが分からない。

だが、俺が昨夜うっかり触れてしまったアプリがクソゲーだったということだけは確信した。

――問題が起きたけど補償でスキルをやるから文句言うなって、行き当たりばったりのいい加減なゲーム運営がよくやる手法じゃないか！

しかし、このクソゲーはいったいどういう仕組みなんだろう。

本当に異世界転生したみたいな状況だった。

もし、本当に異世界なら――。

俺は運営からもらった〈メモ帳〉という能力を、試しに使ってみることにした。

俺の意識に合わせて、目の前に〈メモ帳〉の画面が現れたり消えたりする。それだけで、地球には存在しない現象だった。

頭の中で文を作ると、それがメモ帳に書き込まれた。記憶力の悪い俺には便利な能力かもしれない。

――もう一つの、〈神眼〉という鑑定能力はどうだろう？

説明によると、モデルのある絵を描いたときに発動するスキルのようだ。

試すには絵を描かないといけない。

「絵、描きたいなぁ」

そのために変なゲームアプリに騙《だま》されて、奇妙な世界に迷い込んだのだ。

ゲームで設定した通りの画力を手に入れているのなら、いち早く絵を描いて試してみたかった。

俺がそんなことを考えていたとき——。

コンコンッ……ガチャッ。

部屋の扉がノックされ、誰かが入ってきた。

「……アレン様？」

メイド服を着た赤毛の女の子だった。

俺の姿を見た相手は目を大きく見開き、

「アレン様、目覚められたのですね！」

と、俺に駆け寄ってきた。

生き別れの弟にでも会ったかのように、彼女は目に涙を浮かべている。

「大げさじゃない？　エイミー」

転生早送り中に植え付けられた記憶から、俺は素早く彼女の名前を思い出した。エイミーは、俺の実家であるラントペリー家で働くメイドだ。

アレン・ラントペリーというのが、この世界での俺の名前だった。

「だって……アレン様は大怪我《おおけが》をなさって、三日も眠っておられたのですよ。優秀な治癒魔術師の先生に傷は治していただけましたが、意識が戻らないままで……」

説明しながらエイミーはハンカチで自分の目頭を拭う。相当心配をかけたようだ。

あの夜会から三日。ってことはもしかして――。

「今日って俺の誕生日だったりする？」

「は……はい、そうですね。運命的な目覚めですね」

なるほど。きっちり十八歳からスタートってことか。

事件の処理はどうなっているんだろう？

「俺がパーティー会場で倒れた後、どうなったんだ？」

「物音を聞きつけた警備の者がアレン様を発見し、すぐに治癒魔術師様のところへ運びました。一《いち》か八《ばち》かの難しい回復魔法が、奇跡的にうまくいったと伺っております」

「そうか。俺を攻撃した相手については？」

「それが……誰も犯人のことを教えてくださらなくて」

エイミーの表情が暗くなる。

あのとき俺が見たのは、かなりの上位貴族だった。

騒ぎの中で犯人が誰にも気づかれずに現場を後にできたとは思えないが、権力者に睨《にら》まれることを恐れて、証言が出てこないのかもしれない。

「分かった。――父さんと母さんはどうしてる？」

「すぐにお呼びします！」

そう言うと、エイミーはパタパタと急いで部屋を出ていった。

しばらくして、部屋に俺の両親が入ってきた。それと同時に――。

「お兄ちゃん！」

ばふっ。

ベッドに座る俺の腹に、十歳下の妹が飛びかかってきた。

――ふおぉぉっ。

妹のふわふわの髪の毛が俺の顎のあたりをくすぐる。

「ぐすっ……お兄ちゃん、お兄ちゃん……」

鼻水交じりの泣き声をあげて、妹は俺の胸に頭をぐりぐりと押し付けてきた。

「……フランセット、心配かけてごめんね」

俺は妹のふわふわの髪の毛を撫《な》でた。

俺の頭の中に、急速にアレン・ラントペリーの記憶があふれだし、日本人の俺と、異世界人のアレン・ラントペリーが重なっていった。経験したことのない不思議な感覚――異世界転生なんて普通はしないのだから、当然か。

俺の手は、自然な仕草でフランセットの肩をポンポンと軽く叩《たた》いていた。

しんみりした様子の俺たち兄妹《きょうだい》を、この世界の両親がそっと見つめている。彼らは大きな商家を

経営する商人らしく、普段は落ち着いて賢そうな人たちだ。しかし、今は二人ともその目の下にくっきりと隈《くま》があった。

「本当に、心配をかけないでよ。息子を失うかもしれないと思って、目の前が真っ暗になったんだから」

母は洗いざらした綿のハンカチで、目頭を拭った。

「無事に目覚めて良かった」

父は泣いてはいないけど、数日前よりどっと老けたように見えた。

「すみません、父さん、母さん」

父モーリス、母スーザン、妹フランセット。

家族の存在は、この世界の俺に強いリアリティを与えていった。

……クソゲーアプリめ。本当に転生するならちゃんと書いておけよ。そうしたら、いい加減なAIに彼らの大事な息子を預けたりしなかったのに。


しばらくして、父はメイドのエイミーを呼び、妹を部屋の外に連れていかせた。

「幼い子には聞かせられない話になるだろうから、フランセットはエイミーと遊ばせておく。何があったのか詳しく教えてくれないか？」

「はい。実は――」

俺は両親に、子爵令嬢の不貞と浮気相手の男について話した。

「リアーナ嬢……浅はかなところがあるとは思っていたが、ここまで酷い裏切りをしてくるとは」

と、父が嘆息する。

サンテール子爵令嬢リアーナというのが、俺を裏切った婚約者の名前だった。

「それで……あなたを傷つけた犯人が誰かは、分かっているの？」

ベッドに座る俺の両腕を震える手で摑《つか》んで、母が俺に問うてきた。

「……はい」

商人の子として、上流階級の人々の顔と名前を覚えさせられていた俺は、当然、浮気男が誰だか知っていた。

「私に向けて致命傷となる威力の風魔法を放ってきたのは、レヴィントン公爵家の後継者、クレマン公子でした」

俺の言葉に、二人はハッと息を呑《の》んだ。

「レヴィントン公爵家の跡取り……ものすごい大物が出てきたな」

父が苦い顔で言い、母は真っ青になって言葉を失ってしまった。

相手が悪すぎた。

普通に考えたら、俺は婚約者を寝取られた上に殺されかけた被害者だ。相手は報いを受けるべきだ。感情的にも何か報復しないと収まらない。

だが、この世界は法治国家の日本とは違う。相手は文字通りの上級国民だ。手を出せば俺たちの方がより酷い目に遭うだろう。

「私の至らなさが招いたことです。クレマン公子を責めるような気持ちはありません。ですが、リアーナ嬢との婚約だけは、解消していただけませんか？　さすがに彼女と結婚する気にはなれません」

俺が言うと、父は急にガバリと俺に向かって頭を深く下げた。

「すまん……本当に、すまん。目先の利益で、素行の悪い疑いのあった令嬢を婚約者に選んでしまった。私の過ちのせいで、お前をこんな目に……」

「いえ、悪いのは父さんじゃないです！　婚約者の行動を把握できていなかった私にも責任があります」

俺が咄嗟《とっさ》にそう返すと、うつむいた父は拳をグッと握り、

「婚約は解消する。……取り成してくれる有力者を探して、こちらから違約金を払って、穏便に……。情けない父で……すまない」

と、悔しさをにじませて血を吐くような声で言った。

相手が百パーセント悪かろうが、平民から婚約破棄などと子爵家を侮辱するような行動を取れば、貴族社会全体が黙っていない。俺の婚約解消は、できるかぎり穏便に行うべきだ。

父の肩には、ラントペリー商会で働くたくさんの従業員の生活がかかっている。どんな怒りにも呑まれるわけにいかなかった。俺も転生前はアラサーだったのだ。彼の立場は分かる。父に対し情けないとか冷たいなどと思うことはなかった。

でも——。

俺の心は激しく憤り始めていた。

父の姿に、転生直後でどこか実感がなく他人事《ひとごと》だった俺の感情が覚醒していく。

――両親に、このまっとうな大人たちに、なんて表情をさせているんだ!

激しく、急に渦巻く怒りと悔しさ。それは、ここが虚構の世界じゃなく、地球と同じ、理不尽で不平等な人の世だと訴えていた。

「…………」

感情と思考の波に翻弄される俺を、母が心配そうに見つめる。

「ねえ、話はここまでにしましょう? アレンは大怪我からやっと目覚めたばかりなのよ。無理させてはダメよ」

「そうだな。婚約解消については私が処理しておく。お前は気にせず休んでいなさい」

父はそう言って、さらに、

「そうだな……久しぶりに、絵でも描いてみたらどうだ?」

と、提案してきた。

「……絵?」

「あら、いいわね。最近のアレンは、子爵家との繋《つな》がりで夜会に出てばかりだったけど、本当はずっと家で絵を描いていたいっていうような子だったものね。動けるようなら、今からアトリエに行ってみる?」

――アトリエ? 俺のアトリエがあるのか! ……そうだったな。たしかに、オートモード中の自分が絵を描く姿を、俺は見た記憶があった。

「はい、ぜひに！」

俺は母の手を借りてベッドから出ると、隣の部屋にあるというアトリエに連れていってもらった。

隣の部屋にあったのは、映画か何かのセットのような、いかにも昔の画家が使ってそうなアトリエだった。

「油絵か……」

作業机にはたくさんの顔料の粉と数種類の油、何本もの筆、刷毛《はけ》、パレットにペインティングナイフ——しかし、絵具のチューブは見当たらない。

ああ、たしか、昔の画家は自分で顔料から絵具を作ってたんだっけ。

絵に関するものが何でも好きだった俺は、デジタルイラスト以外にも、美術館に行ったり、N○Kの芸術特集番組を見たりもしていた。でも、その浅い知識でいきなり顔料と油を練り合わせて油絵を描くなんてできるわけがない。

——どうしようか。

白く塗装されたキャンバスと道具たちを前に俺は立ち尽くす。そのとき、アトリエのドアが勢いよく開いた。

「お兄ちゃん、お話は終わったんでしょ？」

妹のフランセットだ。

先ほど仕事に戻った父が、フランセットに声をかけていたらしい。

「私、今日はずっとお兄ちゃんと一緒にいる！」

妹は再びピタッと俺の腕にくっついてきた。前世では男兄弟しかおらず独身だった俺に、ゼロ距離女児というのはなかなかの衝撃である。

「あら、そうなの？　お兄ちゃんはこれから絵を描くみたいだけど、どうしようかしら」

そう母が言うと、妹は、

「だったら、私がモデルになってあげる！」

と言って、キャンバス前に置かれた椅子に座った。

「フランセット、絵を描くのには時間がかかるのよ。ジッとしていられる？」

「うん、任せて。私、もう立派なレディだよ！」

たくさんのリボンがついたワンピースドレスを着た妹は、おすましした様子でお腹《なか》の辺りで両手を重ね、背筋を伸ばした。――何だこの可愛《かわい》い生き物は……。

「ふふ。美人に描いてね、お兄ちゃん」

妹は瞳をキラキラさせて言った。――ちょっと待て。俺、油絵の描き方なんか知らないぞ。

焦る俺だったが、キャンバスの前に立って絵筆を持った瞬間、不安は全て消え去った。

――分かる。

オートモード中に絵を描いた記憶があったのも大きいが、それ以上に、ゲームアプリで取得した〈弘法筆を選ばず〉というスキルの威力を感じた。

顔料を土魔法で操り、一瞬で思った通りの絵具が作れた。太い筆で画面全体を何色かに塗り分けるだけで的確に構図を決めてしまうと、俺はこの世界で初めての作品制作に取りかかった。

踊るように絵筆が動く。乾かすのに数日かかるはずの油絵具を風魔法で乾燥させ、次々と色を載せることができた。

やがて、キャンバスに思い通りの可愛い女の子の姿が現れてくる。

フランセットの亜麻色の髪の毛は絹のように艶やかでふわふわ、頬《ほ》っぺたはお饅頭《まんじゅう》の求肥《ぎゅうひ》のようにもちもち。俺の手は、その質感を自在に描き分けていた。


「ありがとう、フランセット。モデルはここまでで大丈夫だよ」

小一時間ほど描き続けて大まかな形が見えたところで、俺はフランセットを解放した。子どもをいつまでも同じ姿勢で座らせておくわけにもいかない。

「長い時間頑張ったわね、フランセット」

俺が絵を描くのを見守っていた母が、フランセットを褒めた。

「うん。ねえ、絵はどんな感じ？」

椅子から立ち上がると、フランセットは俺のキャンバスを覗《のぞ》き込《こ》みに寄ってきた。

「うわ〜、すごい！　上手《じょうず》」

俺の絵を見て、フランセットはキャッキャと手を叩《たた》いて喜んだ。

「本当にねぇ。よく描けているわ」

と、母も感心したように言う。

「そう？　ここから仕上げ終わるまで、まだだいぶかかるよ」

「そうなの？　完成した絵も気になるわね」

「私も見たい！　一番に私に見せてね、お兄ちゃん」

「分かった。できあがったらフランセットにあげるから、楽しみにしておいて」

「うん！　ありがとう」


翌日昼。

夜更かしして仕上げた絵をフランセットに見せた。

「すごい、すごい！　私、かわいい」

妹はすぐに気に入ってくれて、「お兄ちゃんすごーい」と、顔に書いてあるようだった。笑顔の破壊力がやべぇ。

「本当にね。この絵なら、けっこうな値段で売れるわよ」

一緒に来ていた母は、商人の血がうずくのかそんなことを言って、

「ダメ！　これは私の絵なのっ」

と、フランセットに怒られていた。

「そうね。もちろん、これはフランセットのものよ。——それとは別に、アレンは人物画を描いた方がいいわね。以前に描いていた絵も上手ではあったけど、理解できる人は少なそうだったし」

俺はアトリエ内にある、オートモードの俺が描いたらしい絵に目をやった。

……バリッバリの抽象画である。しかも、テーマが暗い。

絵具のチューブもない時代に、現代アートを暴走させたような抽象画。オートモードの俺の絵を理解できる人は、今の俺の周囲には誰もいなかった。

好意的に考えれば、オートモード中に目立ちすぎることを避けて、ゲームアプリのＡＩが、わざと注目されにくい変な絵を描いていたんだと思う。……クソゲーアプリＡＩの感性がイカレてた説も捨てきれないけど。

「ねえ、アレン。他にも人物画を何枚か描いてみない？　絵が売れるようになれば、今後のあなたは絵を描き続けやすくなると思うわ」

と、母が提案してきた。

俺は商会の跡取りなので、絵ばかり描いていると、両親にも店の従業員にも良い顔をされない。でも、ラントペリー商会は高級品を扱う店なので、その顧客に評価される作品を描く能力を俺が持っているってことは、店の信用にも繋がるだろう。

——俺が今の環境で好きな絵を描き続けるには、商家の息子としての生活とバランスをとる必要があるな。

「分かりました。やってみます」

「良い返事ね。ちょうど、元婚約者と夜会に出る必要がなくなって、あなたの自由な時間も増えることだし、どんどん描いてみるといいわ。私の知り合いに頼んで、良いモデルさんを連れてきてあげるから、楽しみにしておいて」

そう言った母は嬉《うれ》しそうで、ちょっとホッとした様子だった。事件の後でも俺が元気なのを見て、安心したのかもしれない。

――そういえば、絵に描いた対象を鑑定する能力をもらってたな。

俺はゲームアプリからお詫びでもらった〈神眼〉という能力のことを思い出し、〈メモ帳〉を開いた。

〈メモ帳〉には新しいページが増え、以下のように記されていた。

《フランセット・ラントペリー　八歳
ラントペリー家の娘。好きなものは、「ぶどう・生クリーム・お兄ちゃん」である》

……どうしよう。俺の妹が可愛すぎる。

2 伯爵夫人の劇場経営

夜会の日の事件から三週間が経《た》った。

「アレン様、今日もよろしくお願いします〜」

俺のアトリエに、華やかな容姿の女性が三名入ってきた。

彼女たちは、王都で人気の劇場の若手女優たち。母が俺のために連れてきた絵のモデルだった。

「よろしく。前と同じで、ある程度は動いてもらって大丈夫だから、寛《くつろ》いでいてね」

俺はテーブルの上に見栄《みば》えのするフルーツやお菓子を置いて、その前に彼女たちを座らせた。

「お菓子は自由に食べていいからね」

キャンバスの前で絵具を溶きながら、俺は彼女たちに言った。

「わぁ、ありがとうございます。さすがラントペリー商会さん、すごく美味《おい》しいお菓子を食べたって友だちにも自慢したんですよ」

世慣れた美女たちは、俺のもてなしにきちんと喜んでくれる。だが、その瞳の輝きは、前世に比べて値の張る甘いお菓子が本当に嬉《うれ》しいことも、同時に示していた。

俺は、ところどころに絵具のついた分厚い麻のエプロンを身に着けて、お菓子に喜ぶ美女たちと向き合った。

——母のコネと交渉力はすごかった。

誰もが振り返るような美人を、次から次へとモデルに雇って俺のアトリエに連れてくるのだ。

特に、今来てくれている女の子たちは王都で一番人気と言われる劇場の女優さんで、ひときわ華やかで迫力があった。

「あぁ、甘い。ほんと、幸せ～」

「この果物って南大陸産だよね。どうやってこの鮮度を保って運んできたんだろ？」

「魔法使ってるんじゃない？」

「ヤバ……それ、めっちゃ高いやつじゃん」

明るく楽しそうに笑ってお喋《しゃべ》りをするモデルたち。若い女の子たちがお菓子を口にしながら、媚《こ》びのない素直な笑顔を見せる。自然に口元がほころぶ瞬間を、俺の筆はたやすく捉えることができた。

——楽しい。

今の俺は、前世からは考えられない精度で対象を観察し、描くことができた。

モデルの溌溂《はつらつ》としたポジティブな感情——そういう本来、形のないものが色彩となってキャンバスを彩る。

見る人の気持ちを明るく楽しませるような絵が描きたかった。そんな俺の願望が、キャンバスの上で次々と叶《かな》っていく。

「完成っと」

筆を置いた俺が呟《つぶや》くと、モデルたちは席を立ってこちらに近づいてきた。

「描き上がった絵、見せてください」

彼女たちは興味津々にキャンバスを覗《のぞ》き込《こ》んだ。瞬間、彼女たちの瞳は輝き、俺の絵に釘付《くぎづ》けになった。

「うわぁ！　これが私たち？」

「人生で一番感動したかも」

「すごく嬉しいです。こうやって、一番綺麗《きれい》なときの私たちが絵の中に残るなんて……アレン様に感謝しなきゃいけませんね」

モデルたちのキラキラした瞳は、昔の俺が神絵師さんの作品を鑑賞していたときと同じだった。良い絵は見るだけで心が弾んで明るくなる。その感動を自分が届けられてると思うと、嬉しくて舞い上がりそうだった。

「あ、そうだ。モデルをしてくれたお礼を渡すね。お金の封筒とは別に、ちょっとしたプレゼントも付けるから、良かったら使って」

そう言って、俺は彼女たちに謝礼を渡していった。

「はい、イレーナには香水」

「うわぁ。これ、ラントペリー商会の超人気商品ですよね？　私、売り切れで買えていなかったんです」

「フランカにはフルーツ飴《あめ》。色が綺麗でしょ」

「ありがとうございます。劇場での歌唱で喉を痛めないように、よく飴を舐《な》めるので、すごく助かります」

「ユリーには髪飾りをあげる」

「素敵！　ありがとうございます。こういうアクセサリーを探していたんです」

三人それぞれにピッタリ欲しいものを渡したので、皆とても喜んでくれた。

何で知ってるかって？

俺には〈神眼〉という鑑定能力があるからね。

《イレーナ　二十一歳　女優
お洒落《しゃれ》が好きで流行に敏感。ラントペリー商会の新作の香水を欲しがっているが、品切れで手に入っていない》

こんな感じで、絵を描くたびに俺の〈メモ帳〉のページが増えていく。

得られる情報は、俺にとって役立つものが優先されるらしい。また、同じ人を複数回描くと、違う情報が追加された。

「ありがとうございます。こんな楽しい仕事でお土産《みやげ》までもらえるなんて」

「知り合いにラントペリー商会の素晴らしさをどんどん宣伝しておきますね」

「良かったら、私たちの舞台も見に来てください。アレン様なら、公演後の楽屋にも招待しますので」

　モデルたちはニコニコ顔で帰っていった。

　一人になったアトリエで、俺はニヤニヤしながら後片付けをする。

「ふぅ。……楽しかった」

　俺がゲームアプリで獲得した画力チートは本物だった。

　ろくな説明なしにクソゲーアプリによって連れてこられた変な異世界だけど、かつてどんなに願っても手に入らなかった画力が自分のものになった。この大きな喜びの前では、全て水に流してクソゲーアプリに感謝してもいいと思ってしまいそうだ。

「お客さんは帰ったようだな」

　筆についた絵具を拭っていると、父が部屋に入ってきた。

　俺は片付けの手を止めて顔を上げる。

「父さん、何かご用ですか？」

「ああ。……だが、その前に……うまいな」

　父はアトリエに置かれた俺の絵を、口元に手を当てて少し首を右に傾けて見ていた。店に出す商品を確認するときに彼がよくする仕草だ。

「本当にうまい。……お前はラントペリー商会の跡取りだから、正直、以前はお前が絵を描くことを良く思っていなかった。だが、これだけの才能があるなら描くべきだ。そして、どんどん売っていこう。立派なお屋敷にお前の作品を飾ってもらおうじゃないか」

と、父は少し興奮した口調で言った。

彼にとって「売れる」は最高の褒め言葉だ。

「ありがとうございます」

「……まあ、お前がウチの跡取りであることも変わらないからな。これからは、商人と画家の二刀流をやってもらうことになる」

……に、二刀流！　大変そうだな。

「しばらくは絵の制作中心でいい。夜会の日にお前が大怪我《おおけが》をしたことは知れ渡ってしまったし、婚約解消もしたから、今は色々と噂《うわさ》されている。ほとぼりが冷めるまでは、上流階級に関わる仕事からお前を外しておく」

「ご迷惑をおかけします。——ところで、婚約解消、できたんですね」

「ああ、それを伝えに来たんだ。サンテール子爵令嬢との婚約は無事に解消した。王都の商人のことを普段から支援してくださっている侯爵様がいらしてな。その方に取り成しを頼んで、サンテール子爵も納得しているから、これ以上トラブルにはならんだろう」

父の言葉を聞いて、俺は自分の心の中にあった重荷が一つ下ろされたように感じた。

色々思うところはあるけど、悪縁が絶たれると本当に身体《からだ》が軽くなるものなんだな。

「ありがとうございます。貴族との交渉は大変だったでしょう」

「そうでもない。こちらの非で婚約解消という形をとったから、サンテール子爵としては、詫《わ》び金だけもらって娘は別の貴族と縁を結ぶのに使える。何より、当事者のリアーナ嬢が婚約解消にたいそう乗り気だったからな」

と、不愉快そうに父は言った。

リアーナか。アイツは、レヴィントン公爵家の跡取りであるクレマンと浮気してたんだよな。

「リアーナ嬢は、公爵夫人の地位でも狙っているのでしょうか」

俺と別れてレヴィントン公爵家の跡取りと結婚できるなら大勝利だろうよ。

「どうだろう。難しいと思うが……」

「身分差ですか?」

「いや、レヴィントン公爵家の特殊な事情だ。クレマン公子は現レヴィントン公爵の息子じゃないんだ」

「え、そうなので?」

「ああ。公爵には娘しかいなくてな。レヴィントン公爵家は歴史ある武門の家で、厳格に男系相続しか認めていないんだ。今の公爵家に一番血縁が近い男系の男がクレマン公子になるらしい。彼は公爵の娘と結婚して跡を継ぐ」

「なるほど」

そんな事情なら、クレマンがリアーナと結婚することはないだろうな。アイツ、どうするつもりなんだろう。

「ともかく、これで我々としては区切りがついた」

「そうですね。今後、商会のためにどうやって貴族と繋《つな》がっていくかは、考え直すことになってしまいましたが」

「……問題はそれだな」

ラントペリー商会というのは、もともと東の国が発祥の商会で、父はこの国、ロア王国ラントペリー商会のトップだった。近年進出したこの土地で、父は有力者と繋がりを作って地盤を固めていかなければならない。

俺とリアーナの結婚で、サンテール子爵家のコネが使えるようになるはずだった。それに、リアーナは見た目だけは良かったから、彼女にラントペリー商会のドレスや宝石を身に着けさせて、広告塔にもしていた。

だが、婚約が解消されたことで、ラントペリー商会のドレスとアクセサリーの販売戦略を見直さなくちゃならなくなった。円満に別れたとは言っても、今まで子爵家との繋がりでかけていた営業がこれで使えなくなるのだ。

ラントペリー商会の危機は続いている。

父は何も言わないが、今回の件でかなりの損害を出してしまったことだろう。

「私のせいで……すみません」

「お前が謝ることではない！　私の判断ミスだ。それと、お前にまたすぐに、どこぞの金に困った貴族と結婚しろなどと言う気もない。貴族との伝手《つて》は別に考える」

父は情のある人だから、傲慢な貴族に酷《ひど》い目に遭わされた俺を、また別の貴族と結婚させようなどとはしない。彼にとっては、商会も家族も、等しく大事なのだ。

「……ありがとうございます」

だが、跡取りの結婚ほど強いカードは他にない。ここは俺から申し出て、新たな結婚相手を探してもらうべきだろうか。

――いや、少し待とう。

俺の考えでいうと、そもそも政略結婚というのがあまり良い手ではない。家の利益を優先して子どもに、望まない相手と結婚させるというのは、前世の現代っ子の感覚からして受け付けない。今回の件だって、もともとリアーナの意思を無視した婚約だったから、彼女が暴挙に出たとも言える。……まあ、やったことは許せないけど。

それに、元婚約者のようなお嬢様育ちで怖いもの知らずの十代を商売の重要な要素に組み込むというのも、トラブルを生みやすい戦略だったと思う。

いずれ政略結婚で家格を上げるにしても、十八歳の俺には時間があるのだから、結婚を焦る必要はない。一時的にビジネスで協力してくれる有力者を探して、社交界で俺の結婚相手をしっかり人選した方が最終的にうまくいくだろう。

「高価なドレスやアクセサリーを売るには、上流階級の女性の協力者がいるのが望ましいです。でも、それが若い娘である必要はないでしょう。例えば、人生経験が豊かで慎重な行動ができる有閑マダムに伝手を作る方が、リスクが少ないかもしれません」

歳《とし》を重ねたからといって一概に人間が賢くなるとは言わないが、少なくとも長年社交界にいる人の方が、どういう人物か分かって付き合うことができるだけ安全だと思う。

「なるほどな。それで、そんな女性の当てはあるのか？」

「いえ、全く」

「……そうか」

父はガックリしたように言った。

うーん、どこかに有力者で空気の読める大人のお姉さん、いないかなぁ。


俺の絵は順調に売れていった。

中でも、すでに何度かモデルに来てもらった劇場の若手女優の絵は、新人画家としては異例の高値で売れた。人気女優の絵を欲しがるファンが多かったのかもしれない。

気を良くした母は、彼女たちを繰り返し俺のアトリエに呼ぶようになった。


「アレン様、今日もありがとうございました」

「こちらこそありがとうね、お疲れ様」

「いただいた香水、友だちに羨ましがられたんですよ」

「それはよかった」

「はい。ふふふ……」

何度かアトリエに来てくれている若手人気女優のイレーナとは、かなり会話が弾むようになっていた。

――前世でオタクだった頃は美人と会話するだけで内心ビクビクしてたんだけどなぁ。

母が美人モデルばかり連れてくるせいで耐性がついた気がする。

慣れてきて分かったんだけど、一口に美人と言っても性格は千差万別だ。俺と話の合う人もいれば、合わない人もいる。よく考えれば当たり前のことなんだけどね。

「そうだ、これを……」

アトリエからの帰り際、イレーナはふと思い出したようにクラッチバッグから一通の手紙を取り出した。

「私たちの所属する劇場――デュロン劇場って言うのですが、その持ち主であるデュロン伯爵夫人からのお手紙です」

「伯爵夫人？」

いきなりどえらい人の名前が出てきたなぁ。

「劇場にいらした夫人に、アレン様の絵のことを話したんです。そしたら夫人も肖像画を描いてもらいたいって」

「伯爵夫人が？」

「ええ。気さくな方なんです。それに、すっごく美人だし」

「君たちが美人って言うくらいだと、相当だね」

「はい。絶対に返事をしてくださいね。デュロン伯爵夫人はすごい方なんですから！」

「そりゃあ、するよ。ありがとう」

ひょんなところから、俺は伯爵家を訪問するチャンスを得た。

これは、ラントペリー商会のコネ作りのきっかけになるかもしれない。


デュロン伯爵夫人に手紙の返事を書いて、後日、約束した日に伯爵邸を訪問した。

伯爵邸は広い土地が希少な王都では珍しい、緑の芝生の庭つきのお屋敷だった。

その庭に無造作に生えているように見える白いクローバーの花は、かえってこの家の貴族らしさの象徴のように見えた。

——画家として、本格的な貴族相手の初仕事だな。

「お初にお目にかかります。ラントペリー商会の長男、アレン・ラントペリーと申します」

「あら、聞いてた通り、ずいぶん若くて爽やかな青年なのね。イレーナがあなたにメロメロみたいだったから、また悪い男に騙《だま》されてるんじゃないかって、心配してたのよ」

「は……はあ」

デュロン伯爵夫人は三十歳前後の妖艶な美女だった。口元にほくろがあって、色気がすごい。

伯爵邸の一室にキャンバスを置いて、俺は彼女と向き合った。

彼女を描くのは、若手女優を描くのとはだいぶ趣が異なる。

まず、全体に色彩が暗い。彼女のドレスの濃い紫は、日常的にも使われているが、喪の色でもあった。

――デュロン伯爵夫人は、未亡人だった。

未亡人というのは古めかしい言葉で、〝夫を亡くしたのにまだ生きている人〟という酷い意味を含む。だから、現代日本では使われなくなっていった言葉だ。

だが、彼女は実際、未亡人という言葉と重なるスタイルをしていた。

「私ね、三年前に夫を亡くしたの。彼も私も演劇が大好きでね。理想の歌劇を追求するつもりで劇場を買い取って、夫の書いた台本で舞台を上演していたの」

肖像画を描きながら、デュロン夫人のお話に付き合う。

デュロン伯爵夫妻は演劇が大好きで、当時経営不振だった劇場を買い取り、自らの手で王都一の劇場に育て上げたという伝説を持つ人たちだった。

デュロン劇場の演劇は、まずデュロン伯爵本人が書いたというシナリオが面白く、それを天才的なセンスを持つ夫人が演出して仕上げていた。二人の才能がうまく噛《か》み合った理想の夫婦。――しかし、彼女の夫はもういない。

「彼が亡くなった後も、私が中心になって劇場の経営を続けているのよ」

そう説明してくれた夫人は、強い意志を持つ魅力的な人だった。

――どう描くか。

彼女には貴族としてのプライドがあり、夫を亡くした後も劇場を続ける意志力を持っている。それでいて、平民の俺にも丁寧で優しい。

そういう魅力には、形がない。

でも、現実世界では、容姿だけが美しい人というのに、さして惹《ひ》かれないものだ。

華やかにしすぎると嘘《うそ》になる。

彼女は一緒に舞台を作り上げるほど仲の良かった夫を亡くした悲しみを、今も全身で表現している。

でも、人を惹きつけずにはいられない魅力がある。

……たしか、宗教画のような神聖なイメージを出したいときは人物画を真正面から描き、自然体に見せたいときは斜め向きにするんだよな。

だったら——。

俺は正面から少しだけ斜めにずらした向きで彼女を描くことにした。

伯爵家の重厚な部屋の雰囲気を、下地に暗褐色を塗った土台で表し、中央のモデルにだけ光を集める。

キャンバスの中の彼女は、自然体だけどミステリアスだ。

「……だいたい描けました。後は家のアトリエで仕上げをして、ニス引きしてお送りします」

「そう。どんな感じかまず見せてね。あら……」

伯爵夫人は驚いたように口元を両手の指先で覆い、

「あなたには、私が、こんなふうに見えていたのね」

と、俺にほほ笑みかけて言った。

――ド……ドキドキするなぁ。

「もう少し時間があるから、片付けたら応接室に来て。お菓子を用意してあるわ」

夫人に誘われて、俺は急いで持ってきた画材を箱に片付けた。

――そうだ、〈メモ帳〉！

〈神眼〉の鑑定能力は、絵を完成までさせなくても、ある程度見られる作品ができた時点で発動していた。もう情報は得られたはずだ。夫人とお茶する前に確認しておこう。

そう思って急いで開いた〈メモ帳〉には――。

《マリーヌ・デュロン　三十二歳　伯爵夫人
王都で人気の劇場を経営している。次の舞台に大がかりな予算をかけた作品の構想があるが、チケット収入でどれだけ制作費を回収できるか不安に思っている》

と、夫人の意外な一面が書かれていた。

伯爵邸はとても豪華で、夫人も経済的にゆとりがありそうに見えたから、彼女の悩みがお金の問題だとは思わなかった。

……いや、「制作費を回収できるか」という書き方をしてるから、お金がないっていうより、赤字体質で劇場を経営したくないってことかもしれない。

本人から詳しい事情が聞けないか、それとなく話してみようかな。


「デュロン夫人は、お一人で劇場の運営をなさっているのですか？」

この世界の独特なハーブティーと焼き菓子を食べながら、俺はデュロン夫人に話を振ってみた。

「ええ。台本の修正、配役、予算の決定など、劇場全体のあらゆるところに首をつっこんで、決定権を持っているような状態なのよ」

「それはすごい」

俺は素直に感心してみせた。もちろん、各部門を支えるスタッフはたくさんいるだろう。しかし、彼女が経営するのは、王都で一番の劇場だ。それだけうまくやれているのには、デュロン夫人自身の手腕がなくてはならない。

「夫人は経営の才能があるのですね。素晴らしいことです」

そう俺が言うと、デュロン夫人は困ったような顔になった。

「いいえ。実はうちの劇場は、少し赤字を出してしまっているの」

「……というと？」

「凝りすぎてしまうの。特に、亡くなった夫の脚本を私が完成させるんだと思うと、妥協ができなくなって。それで、いつも予算オーバーよ。幸い、伯爵家はお金持ちだから、少しなら補塡《ほてん》できるのだけど。でも、デュロン家の財産は息子に引き継ぐためのもの。私が自由にできる額は限られるわ」

夫人は力なくため息をついて目を伏せた。

「お知り合いから後援者を募ったりは、なさらないのですか？　デュロン劇場なら、パトロンになりたいという方も多そうですが……」

俺の言葉に、デュロン夫人は嫌そうに首を横に振った。

「お金だけを出してくれるパトロンというのは、そうそういないわ。お金を受け取ってしまったら、パトロンのお気に入りの女優の出番を増やせとか、もっと酷い場合は、女優を愛人によこせとか……ろくなものじゃない。私は夫の脚本も私たちの劇場も、そういうのに汚されたくないの」

と、デュロン夫人はきっぱりと言った。

彼女にとって演劇は大切な夫との思い出がつまったもの。そのこだわりを持ちつつ、現実的な経営で劇場を継続させないといけないのか。

うーん、難しいな。

「なるほど……私も何回か観劇したことがあります。本当に、デュロン劇場の舞台は名作揃《ぞろ》いだと思いました」

重くなっていた空気を変えるように俺が言うと、

「ありがとう。天才画家に褒めてもらえて、誇らしいわ」

デュロン夫人はニコッとほほ笑んだ。

――本当に、夫人は気さくで良い人だし、何とか力になってあげたいけど、どうしたものかなぁ。

ハーブティーを飲みながら、俺は少し考えてみる。

デュロン伯爵家の劇場には、オートモードの俺が何回か行った記憶があった。

客層は様々で、立見席でカジュアルに見る平民から、特別席の貴族までいた。だが、どの席も常に満員。熱気がすごくて、あらゆる階層にファンを持っているようだった。そういう熱心なお客さんの様子は、日本で見てきたオタクに通じるところがあった。

――そうか！

日本でどういう商売をしていたか参考にすればいいんだ。

たしか、こっちの劇場って、チケットしか販売してなかったよな。でも、前世の日本の舞台やコンサートだと、オリジナルグッズの物販がかなりの収入になるって聞いたことがあった。

――物販だ！

人気の舞台なら、相当に客単価を上げられるかもしれない。

「チケット収入だけで足りないのなら、パンフレットや役者絵を販売して、収入を増やすのはどうでしょう？」

「パンフレット？」

不思議そうに夫人が首を傾《かし》げた。

こっちの世界、活版印刷はすでにあって、簡単な印刷物なら業者に依頼できる。

「劇の見どころを書いた小冊子を作るんです」

「まあ、それは素敵ね。それじゃ、役者絵というのは、どうやるの？」

「えっと、そうですね……」

最初に思いついたのは、日本の浮世絵だった。

江戸時代、歌舞伎の人気役者や上演場面を描いた浮世絵が庶民に売られていた。設備と人員を整えれば、こちらでもカラー絵を量産できるだろう。けど、とりあえずは扱ったことのある職人が多そうな、白黒の銅版画からかな。

「私が舞台の出演者を描いて、それを銅版画にして刷ったものを売るのはどうでしょう」

「いいわね。あなたの描いた絵なら、絶対に人気が出るわ。でも、よろしいの？　うちの劇場のために、そこまで……」

父は高額の結納金を払って俺を貴族と結婚させようとするほど、貴族との繋がりを強く欲していた。伯爵家との伝手を得られる投資なら、喜んで協力すると思う。それに、デュロン劇場の舞台は大人気だから、勝算もある。

「私の作品には、デュロン劇場の女優さんを描いた絵がもともと多かったですから。それを劇場のお客さんの手に取ってもらえるなら、私も嬉しいです」

「ありがとう。あなたが舞台をどう描くのか、私も興味があるわ」

デュロン夫人も乗り気になってきた。

「詳しいことは一度、商会に持ち帰って、父と具体的な契約内容を整えて、再度お伺いしたいと思います」

「ええ、よろしくお願いしますわ」

家に帰って父に事情を話すと、「よくやった」と褒められた。

俺と父はデュロン夫人の執事や劇場の支配人たちとも話し合って、計画を進めていった。

デュロン劇場で販売する版画の元絵を描くのには、アプリで獲得した〈緻密な描写力〉のスキルが大いに役立った。俺はある程度観察すれば、自由にその対象を描けるようになるのだ。

劇場の舞台を見て、楽屋で役者たちの似顔絵を一度スケッチブックに描くと、後は、家でモデルなしで作業しても、舞台に立つ彼らのイラストを正確に仕上げることができた。

それで、取材を済ませると、俺はアトリエにこもって大量の元絵を描くことにした。

作業をしていると、アトリエのドアが開いて、妹が部屋に入ってきた。

「フランセット、どうしたの？」

八歳の妹は、部屋に入るなり俺の肩にペタリと張り付いて、描いていたイラストを覗き込んだ。

「ずーっとアトリエに引きこもってるから、顔を見に来たの」

ふわふわとした妹の髪が、俺の頬《ほお》に触れる。

フランセットはスキンシップが激しい。前世で男兄弟しかいなかった俺にとって、小さな女の子にペタペタ触られるのはなかなか気になることだ。……嫌ではないけどねっ！

絵を見つめるフランセットは、ぷくりと頰を膨らませた。

「最近、キレイな女の人ばっかり描いてる」

「劇場の女優さんの絵を描いているんだ。これも仕事なんだよ」

「知らない大人の女の人の絵ばっかり。イヤっ！」

妹はぷりぷりと怒りだした。

しばらく構ってあげなかったからな……。

機嫌の悪そうな顔を作った妹は、俺にくっつくのをやめて、アトリエの中を歩き回った。そして、机の上に置かれた何枚ものイラストに気づいて、一つずつ、興味深そうに見ていった。

「すごいねぇ。前と描き方がちがう。線だけで描いてるんだね」

フランセットが見ている絵は、前世のペン入れ済みの漫画のようなイラストだった。実際、アナログ漫画で使うGペンのような道具で描いていて、筆で塗りつぶすようにしていた油絵とは、かなり違う感じだ。

「気に入ったなら、同じタッチで、フランセットの絵も描こうか？」

「本当!?　描いて描いて」

ご機嫌取りに提案すると、妹は喜んで乗ってきた。

俺は新しい紙を用意して、フランセットに向き合った。

手首のスナップだけで強弱をつけた線でカーブを自在に操り、妹の可愛《かわい》らしさを少しデフォルメして描く。

描きなれた線画で、毎日顔を合わせている妹のイラストは、すぐに完成した。

「できたよ。ほら」

まだ少しインクの湿った絵をフランセットに渡す。

「うわぁ。こんなふうになるんだ。油絵より好きかも」

妹はさっきまで怒っていたことも忘れて、満面の笑みを浮かべた。

——そういえば、同じ人物でも新しい絵を描くと、新たな情報が追加されることがあるんだよな。

俺は何となく思い出して、〈メモ帳〉を開いてみた。

《フランセット・ラントペリー　八歳
もうすぐ地域のイベントで、子どもが手作りした作品の展示会がある。そこに出す作品がうまくできずに困っている》

おや。

妹にも悩みがあるようだ。話を聞いておこうか。

「もうすぐ建国祭だね。色々とイベントがあるし、楽しみだね」

それとなく話題を振ってみる。

すると、妹は急にしょんぼりした顔になった。

「ダメ。私、ししゅうが下手《へた》なの」

刺繍《ししゅう》？

話が飛ぶなぁ。

「何で刺繍しないといけないの？」

「お祭りの日に、自分で手作りしたものが飾られるの。そこに出すの」

「ああ、そうだったね。俺も子どものときに出してたよ。俺は絵を展示してもらってたかなぁ」

前世で言うと、この建国祭の展示は前世よりもゆるい扱いで、何でも出していればオーケーだ。

ただ、学校や公民館に、小学生の絵や工作が飾られているような感じだろうか。

だから、オートモードの俺は不気味な抽象画を提出していた。あれで通るんだから、何でも好きに出したらいいと思うんだけど。

「出来にこだわらなくても、適当に何でも出したらいいんじゃない？　それとも、誰かに何か言われるの？」

俺の妹にケチをつける馬鹿は俺が許さんぞ。

「……自分で見れば分かるもん。去年は、ししゅうの上手《じょうず》な子のとなりに私のししゅうが置かれて、恥ずかしかった」

フランセットがうつむいた。

誰かに何か言われなくても、自分が気になっちゃうパターンか。

「私のししゅう、ちょっと見てくれない？」

フランセットはそう言うと、アトリエを飛び出していった。

しばらくして、メイドのエイミーに手伝ってもらって、妹は大きな箱をアトリエに持ってきた。

箱の中には刺繍道具と、フランセットの失敗作らしい作品が何枚か入っていた。お世辞にも上手とは言えないが、妹は八歳だ。単に年齢に対して刺繍が難しすぎただけかもしれない。

「気にするほどかなぁ。だんだん上手になればいいんじゃないの？」

「だって、お友だちのメアリーちゃんは、もっとうまいもん」

フランセットは恥ずかしそうに顔を手で覆った。

たまたま器用な子が友だちにいるのかな。もしくは、親が手伝っている可能性もある。

「俺もちょっとやってみようかな」

道具は揃っている。

俺は箱から針と糸を取り出して、妹の失敗作の隣に、チクチクと針を刺していった。

すると、布の上に見事な花畑が、すいすいとできあがっていく。

「……ちょっと、お兄ちゃん？　なにこれ、なにこれぇ!?」

フランセットは俺の刺繍を見て、意味が分からないというように目を丸くした。

そうか。俺の持つスキル〈弘法《こうぼう》筆を選ばず〉は、平面に描くものなら何にでも対応できる。刺繍も能力の影響下なのか。

「フランセット一人で刺繍するのが難しいなら、お兄ちゃんが手伝おうか？」

たぶん、ご近所のメアリーちゃんも、お母さんかお姉さんが刺繍上手なんだろう。前世で夏休みの自由研究を親が手伝っているって話は散々聞いた。当時一人でやってた俺はそのことに腹を立てていたけど、ウチの妹のためなら、一肌脱いでやろうじゃないか。だが――。

「ダメっ！　これは、私が自分でやらなきゃダメなのっ」

と、妹は怒ってしまった。彼女はかなり真面目《まじめ》な性格だったらしい。

「ご……ごめん。でも、フランセット、困ってるみたいだし……」

「ズルしちゃいけないんだよ。それに、アレンお兄ちゃんのはうますぎてすぐバレるよ」

「そっか……」

俺はなおも、もうちょっと下手な感じにしてフランセットの作品に見せられないかと刺繍を続けてみた。だが、俺の刺繍は、何度やっても完全にプロの犯行みたいなものになってしまった。

ゲームアプリで俺がもらった能力は、オンオフできないタイプのようだ。

――考え方を変えて、妹が自分の手で解決できる手段を探すかな。

「そもそも、刺繍っていうのが良くないんじゃない？　難しいし、他の子も刺繍を出すなら、上手下手が露骨に分かってしまうよ」

展示の基準はゆるいのだ。刺繍にこだわる必要はない。

「言われてみればそうかも。メアリーちゃんがししゅうをするって言うから、あんまり考えずにししゅうをえらんでた」

「もっとアイデア勝負で、他の人が見たことがないものを作ったら、誰とも比べられないよ」

「アイデア？　でも、それを思いつくのが大変じゃない？」

「それもそうか」

うーん。何かそれなりに見栄えのするものを作れたら、フランセットが気に病むこともなくなりそうだけど。ここは前世の知識で、何かいいのないかなぁ……。

――そうだ！

俺は白紙の紙を一枚取って、正方形に切った。

その紙を何度も折って、形を作っていく――。

「はい、鳥に見えるでしょ？」

フランセットの手のひらに、折り鶴を一つ載せた。

「すごい！　ただの紙だったのに、どうやったの!?」

フランセットは手品でも見たかのように、興奮して目を輝かせた。

こっちの世界には、折り紙に似たものがない。だから、かなり斬新に見えると思う。

考えてみると、折り鶴を最初に発明した人って天才だよなぁ。

「えっとね、昔どこかにいた天才が、紙から鳥を作る方法を思いついたんだ」

「そうなの？　お兄ちゃん、物知りだねぇ」

「たまたまだよ。――折り紙に色をつけたら、もっとキレイなのができるかもね。紙に絵具で色をつけてみよう。折り方も教えてあげるから、一緒にやろうね」

「うんっ！」

俺は夕食までの時間を、妹と折り紙で遊んで過ごした。

後日、フランセットの折り鶴から、王都の子どもたちの間で折り紙が流行《はや》りだした。俺も前世の記憶を引っ張り出して風船やヨットなど作ってみたが、やがて、この国独自の様々な折り方が発明されていくのだった。

デュロン伯爵の劇場で銅版画の販売が始まると、俺は様子を見にときどき劇場へ足を運ぶようになった。

「ちゃんと現場を見て、何が売れてるか把握しておかなきゃね」

劇場のエントランスには、物販スペースが設けられ、長蛇の列ができていた。

通りに面した販売ブースもあって、驚いたことに、舞台を見ずにグッズだけ買う人までいた。

「……大盛況だなぁ」

コレクターもいるようで、役者絵を全部集めたがる人もいるらしい。新作が一番売れている他、売り切れた版画の再販も要望されているとか。

……嬉しいねぇ。

「いらっしゃい。今日はゆっくりしていってね」

ボックス席に座って開演を待っていると、デュロン夫人が俺に声をかけに来てくれた。

「おじゃましております。版画が売れているようで何よりです」

「えぇ。お蔭《かげ》さまで、舞台にかけられる予算が増えたわ。ありがとう」

「こちらこそラントペリー商会に販売を任せていただき、ありがとうございます。物販について、何か気になることはございませんか？」

アフターケアも大事だからね。お客さんの要望を聞いて、次の商品に活《い》かさなきゃ。

「あなたのサイン入りの版画が欲しいって人がいたわね。それと、版画制作の途中のデッサンなどが残っていたら、高くてもいいから欲しいって」

「かしこまりました。準備しておきます」

版画にする前に下絵を考えていたスケッチブック、取っておいてよかったなぁ。

「それから、油絵が手に入らないかって相談が来ていたわ。以前にあなたがうちの女優をモデルに雇って描いたのを、ラントペリー商会で売ったんでしょ。それを聞きつけた人がいるみたい」

「油絵ですか。では、いいのが描けたらお持ちしますね」

「えぇ。よろしく」

デュロン夫人は上機嫌にほほ笑んでいた。

物販のお金が入って、次の舞台は予算をかけたものができそうで、張り切っているみたいだ。

「あなたって、まだ若いけど、夫の次に良い男だと思うわ」

「へ？　ありがとうございます」

「あなたには感謝してるのよ。――どう？　もうすぐ王家の離宮を貸し切ったパーティーが開かれるんだけど、私のパートナーとして出ない？」

それは、俺たちラントペリー商会が今一番欲している提案だった。

「……いいんですか？」

伯爵夫人と一緒に大きな夜会に出席し、貴族にコネを作ってラントペリー商会の高級商品をアピールする。当初、サンテール子爵令嬢と婚約して行うつもりだった計画が再開できる。

「ありがとうございます！　恩に着ます」

俺はデュロン夫人に向かって深く頭を下げた。

「うふふ、お互い様よ。今後も良い絵を描いて劇場の収益を増やしてね」

「はい！　任せてください」

俺は元気よく答えた。

「――ところで、分かってる？　あなた、私と一緒に夜会に行くってことは、貴族たちからしたら、あなたは私の若いツバメ、愛人ってことになるのよ」

何だって!?

「あ……えっと……デュロン夫人こそ、大丈夫なのですか？　変なスキャンダルになったりは……」

「貴族社会は、跡取り息子を産んだ後の女の行動には甘いものよ。子どもさえ産んでしまえば後は自由とばかりに、不倫ばっかりしている奥様もいるわ」

「うっ……そうでしたね」

デュロン夫人は扇子を口元に当てて、俺をジッと見つめた。

「うふふ。残念だけど、私は今でも夫一筋だから、形式だけよ。でも、表向きはしばらく私の愛人ってことでいいなら、ランドペリー商会が社交界で動くのを手伝ってあげるわ」

「ありがとうございます。よろしくお願いします」

話の分かる綺麗なお姉様万歳！

これで高級ドレスの営業ができるぞ。

3 レヴィントン公爵令嬢

王都にある王家の離宮の一つで開催されたダンスパーティーに、俺はデュロン伯爵夫人と参加した。

「デュロン夫人、そのドレス、とっても素敵ね」

グラス片手にデュロン夫人とお喋《しゃべ》りしていると、夫人の知り合いらしいマダムが二人、話しかけてきた。

「さすがデュロン夫人ですわ」

デュロン夫人は貴族の間でもセンスの良さに定評があるらしい。手がけた舞台を軒並みヒットさせる人だ。当然か。

「ふふ。これはね、今日一緒に来ている、ラントペリー商会のアレン君からプレゼントされたのよ」

俺と組んでいた腕にギュッとくっついて、デュロン夫人が答える。

東の国の特産品である最高級の絹を使ったドレスは、ラントペリー商会のイチ押し商品だった。

「まあ」

「でも、ラントペリー商会？」

と、マダムたちは少し戸惑った様子で俺を見た。

「……それって、サンテール子爵家と婚約解消した……」

俺とリアーナの婚約解消は、噂《うわさ》好きの社交界にすぐに知れ渡っていた。解消の直前に俺が大怪我《おおけが》したことも伝わっているから、トラブルがあったことは明白だ。きっと、あることないこと色々と噂されていただろう。

「彼、うちの劇場の絵も手がける、天才画家なのよ。彼の魅力は、子どもにはもったいなかったから、私がとっちゃった」

「まあっ！」

「そうだったの!?」

デュロン夫人はケロッとした顔で、俺の婚約解消にぶっ飛んだ理由を付けてしまった。

しかし、生意気な小娘からベテランマダムが男を奪うという構図がウケたのか、貴族女性たちは大盛り上がりだった。

デュロン夫人、ありがとうございますっ！

「そうね。あの増長した娘が相手じゃ、素敵な婚約者も逃げてしまうわよね」

マダムたちはデュロン夫人が創作した言い訳を本当に信じたわけではないのだろうけど、もともとリアーナに対する好感度が低かったらしい。うんうんと頷《うなず》いていた。

「あの子は今日も、会場のど真ん中で踊っているわね」

冷えた声で、マダムの一人がホールの中央に視線を向けた。そこにいたのは、俺の元婚約者。彼女のダンスの相手は、オートモード中の俺を殺害した男、レヴィントン公爵家のクレマンだった。

リアーナはパーティー会場の一番目立つ位置で、クレマンとダンスを踊っていた。——周囲の非難の目を物ともせずに。

……いいのかな？　ずーっと二人でダンスしているけど、たしか、同じ人とばかり連続で踊るのって、マナー違反じゃなかったっけ？　しかも――。

「クレマン公子にも婚約者がいたはずですよね」

俺が呟《つぶや》くと、マダムたちはさらに眉を顰《ひそ》め、

「ほんと、シルヴィア様もお気の毒ね」

と言った。

シルヴィア様というのが、クレマンの婚約者の名前だった。俺と同い年、十八歳のレヴィントン公爵令嬢。

「えっと、そのシルヴィア様もこの会場にいらっしゃっているんですか？　それってマズいんじゃ……」

さっきからずっと、クレマンとリアーナは婚約者のいる前でイチャイチャしているのだ。シルヴィア様からしたら、堪《たま》ったもんじゃないだろう。

良くない状況に俺が気づくのとほぼ同時に、実際に問題が起きた。

「いい加減にして！　あなた、いつまで私の婚約者と踊っている気？」

シルヴィア様がリアーナに嚙《か》みついたのだ。

周囲がざわつきだす。

「クレマン、あなたもあなたよ。そんな小娘とばかり踊って、以前にお世話になった家のご令嬢に

挨拶にも行けていないでしょ」

そう抗議していたのは、ワインレッドの派手なドレスを着た令嬢だった。

目鼻立ちがハッキリした人だから、彼女の怒り心頭の表情は遠目にもはっきり分かった。――彼女がレヴィントン公爵令嬢シルヴィア様だ。

シルヴィア様に説教をされて、浮気男クレマンの顔が苦々しく歪《ゆが》む。

「……うるさい。俺に指図するな」

「あなたねぇ。公爵家に入るのだから、少しは考えて行動して。降って湧いた財力と権力に浮かれているだけじゃだめなのよ」

「うるさい、うるさい！」

クレマンは耳を塞いで大声で喚《わめ》いた。

甲高いシルヴィア様の声とクレマンの怒鳴り声は、どちらも広いホールにいる全員の耳にはっきりと届く。

あっという間に二人は周囲の関心を自分たち一点に集めてしまった。

「クレマン、あなた、子どもじゃないのよ。公爵家の跡取りとして、もっと自覚と落ち着きを持つべきでしょうに……」

周りはみんな困惑していた。――言っていることはまともだけど、公爵令嬢の方も結構アレな人だなぁ。説教なら家に帰ってからやってくれよ。こんなところで身分の高い二人に喧嘩《けんか》なんてされたら、この会の主催者は大迷惑だろう。

「俺の行動は俺が決める。俺には、お前やお前の家の者の言うことに従う必要なんかないんだ！　別に俺はお前と結婚しなくても公爵家を継げる。お前こそ、結婚してほしければもう少し慎《つつ》ましくしてろ！」

またも、クレマンが大声で怒鳴ると、エントランスで来訪者に挨拶していた主催者が、大慌てでホールに戻ってくる姿が見られた。

あーあ。酷《ひど》い状況だな。

でも、俺にはさっきから二人の会話にひっかかる部分があった。

「……あの、シルヴィア様はレヴィントン公爵のご息女、クレマン公子はその婚約者ですよね。シルヴィア様と結婚しなくともクレマン公子がレヴィントン公爵家を継げるというのは、どういう意味なのでしょう？」

クレマンは公爵家の婿養子じゃないのか？　一人娘と結婚した男が家や会社を継ぐって話は前世でもしばしば耳にしていたけど、その場合、娘と結婚しなかったら婿養子は何も継げないだろうに。

俺が疑問を口にすると、近くにいたマダムたちが説明してくれた。

「レヴィントン公爵家の相続条件が特殊なのよ」

「男系相続っていうの。そのせいで、継承者の確保が大変なのよね」

男系相続？　男しか公爵になれないっていうのとは、違うのか？

「男系相続というのはね、男性のみの系統で継承権を付与する制度なの。女系が除外されるから、公爵家の娘――この場合はシルヴィア様が男の子を産んだとしても、その子には公爵家の継承権がないのよ。公爵家を継ぐ系統を続けるには、クレマン公子の血が必要ってわけ」

「ふむ……」

レヴィントン公爵には一人娘のシルヴィア様がいるけれど、彼女は女系になるので公爵家を継ぐことができない。そのため、血縁をさかのぼって平民になっていたクレマンに継承権が行ってしまったってことか。

「……うちの国の王様って、女王陛下ですよね。なんで公爵家にだけそんなややこしい制度が……」

「女系を認めると、嫁に出た娘の子どもにも継承権が行って、乗っ取りみたいなことができちゃうでしょ。それで昔モメて、二百年くらい前の国王陛下が一部の有力貴族には男系相続を課したらしいわ」

「なるほど」

そのひずみが、今出ているわけか。

「現レヴィントン公爵は平民の男ではなく、公爵家で育った娘に家を継ぐ上での知識を与え、彼女を公爵夫人にすることで、レヴィントン公爵家を維持しようと考えていたみたいね」

「でも、あの様子を見ると、うまくいってないわね」

「クレマン公子はシルヴィア様に反発しちゃうみたい」

「しょうがないかなって思う面もあるけど、クレマン公子の評判もあまり良くないのよねぇ」

と、マダムたちは口々に教えてくれた。

クレマンは俺の婚約者を寝取った挙句、俺を殺そうとしたんだ。評判が良くないどころじゃねー、とんでもヤローだ。……ウチが王都で売り込み中の商会でなかったら、悪評を流しまくってやったぞ。

——ともかく、色々と状況は分かってきた。

クレマンがレヴィントン公爵家の当主になるのに、シルヴィア様との結婚は必須ではない。現在、シルヴィア様の父親の公爵は病床の身で、社交界に出られない。このままクレマンに代替わりしてしまえば、奴《やつ》はシルヴィア様との婚約を破棄して、当主として彼女の処遇を自由に決めることができてしまう。

「これじゃあ、シルヴィア様の分が悪そうですね」

どっちもどっちっぽい二人だから、同情することもないけど。

俺たちがあれこれと話をしている内に、クレマンとシルヴィア様の喧嘩は、夜会の主催者と数名の大人たちが取り成して、何とか収まったようだ。

シルヴィア様は、「少し風に当たる」と言って、一人でバルコニーに出ていった。ピリピリした雰囲気に、彼女の周囲には誰も近づけないようだった。

一方のクレマンには、涙目でぶりっこするリアーナがくっついている。

会場ではクレマンの方に人が集まり、シルヴィア様は孤立していた。

「みんなにとっては、将来権力を握るであろうクレマン公子の方が重要ってことでしょうか」

「愚かよね。シルヴィア様が由緒正しい公爵令嬢であることも生涯変わらない。こういう場面で公爵令嬢についていた方が、案外、リターンは大きいかもしれないのに」

ボソリとデュロン夫人が呟いた。

そうだよなぁ。何といっても公爵家はこの国に四つしかない、最上位貴族だ。そのレヴィントン家の一人娘と言ったら、そこらの木っ端貴族とは訳が違う。

クレマンとトラブルが起きてしまった俺なんかも、シルヴィア様と顔を繋《つな》いでおいた方がいいのかもしれない。クレマンは俺のことを虫けら程度にしか思っていないだろうから、このまま何もないかもしれないけど。

でも、何にしろ、王都で商売するのにクレマンは危険な存在だ。何かあったとき、シルヴィア様に相談できる伝手《つて》を作っておくのも良い手かもな。

シルヴィア様が出ていったバルコニーを無言で眺める俺に、隣にいたデュロン夫人は何か察してくれたらしい。

「ちょっとシルヴィア様に話しかけてこようかしら。お傍《そば》に誰もいないのは、気の毒だもの」

「あら」

「デュロン夫人はお優しいわね」

デュロン夫人はマダムたちに挨拶して、バルコニーへ向かった。

俺もそれについていく。

「シルヴィア様、ご無沙汰しておりましたわ」

バルコニーでポツンと一人で夜空を見上げていたシルヴィア様に、デュロン夫人が声をかけた。

「あら、デュロン夫人。ごきげんよう」

「――っ⁉」

振り返ったシルヴィア様は、見た感じ落ち着きを取り戻したようだった。だが、近くで彼女を見た俺は、思わず息を呑《の》んでいた。

シルヴィア様は、ものすごい美女だった。抜群のスタイルと顔立ち、華やかで色気がある。

――え？　ちょっと待て。何でクレマンは、これほど美人の婚約者がいて、リアーナなんかとイチャイチャしているんだ？

俺の心には当然の疑問が湧いた。

美しい金髪、桜色の頰《ほお》、引き締まった身体《からだ》に、それでいて豊満な胸――。

シルヴィア様は、今まで母が俺のアトリエに連れてきたどのモデルよりも整った容姿をしていた。その上、公爵令嬢という立場から、身に着けるドレスや宝石にもすさまじい存在感がある。

――ん？　もしかして原因は、存在感がありすぎて悪役令嬢っぽくなってるとかか？

婚約者と不仲な公爵令嬢という立場もあって、俺には何だか彼女が前世の女性向けライトノベルのテンプレだった悪役令嬢みたいに見えてきた。

実際、昔好きだったイラストレーターさんが描いたラノベの表紙の悪役令嬢キャラに彼女はそっくりで……いかんいかん、これ以上考えるのはよそう。

……あのラノベ、女性向けだったのにイラストレーターさん目当てで買って、内容読まずに挿絵だけ眺めてたなぁ……。ああ、やばい、思考が止まらん。

――多分、今のシルヴィア様は濃すぎるのだろう。俺だったら〈神に与えられたセンス〉を使っ

て、もっと彼女を魅力的にできるのに。それでもって、憧れのイラストレーターさんの神絵のような美しい彼女を絵に――。

はあ。描きたいなぁ……。

そんなくだらないことを考えながら、ついついシルヴィア様に見惚《みと》れてしまっていると、彼女は俺の存在に気がついた。

「デュロン夫人、お隣の方は？」

「ラントペリー商会のアレン君よ。天才的な画家で、今の私の大のお気に入り」

デュロン夫人が俺の腕にくっついてニコッと笑った。

「アレン・ラントペリーです。お初にお目にかかります」

紹介されたので挨拶をすると、

「アレン・ラントペリー……」

彼女は俺の名を呟き、

「もしかして、あの馬鹿女の婚約者？」

と、少し眉を寄せて言ってきた。

あ、ヤバいかも。

「リアーナ嬢との婚約はすでに解消しております。彼女にはついていけませんでしたので」

慌てて俺は言い繕った。

「そうそう。アレン君はサンテール家の小娘に酷い目に遭わされて、今は私と仲が良いのよ」

デュロン夫人もフォローしてくれた。それにシルヴィア様はため息をつき、

「そう。あなたは良いわね。気に入らない婚約者とすぐに縁を切れて」

と、棘《とげ》のある口調で俺に言った。

こ……こっちだって、婚約解消のために父親がプライドを捨てて頭を下げて、金銭的にも多大な損失を出して別れたんだぞ。

だが、俺は言い返したい気持ちをグッと堪《こら》えた。婚約者と喧嘩をして荒れた気持ちで一人になっていた令嬢に声をかけたんだ。三分の一くらいは俺が悪い。

「ご気分を害してしまい申し訳ございません。私もリアーナ嬢の被害者という気でおりましたので、お嬢様に共感できるかと、図々《ずうずう》しくも考えていたようです」

と、こちらから謝っておいた。

「……いえ。私も配慮のない言い方をしてしまったわ。リアーナ嬢の浮気相手がレヴィントン公爵家の跡取りでは、あなたには為《な》す術《すべ》がなかったでしょう。公爵家の者が迷惑をかけてしまったわね」

俺が謝ると、すぐにシルヴィア様も譲歩してきた。

彼女は直情的だけど、悪い人ではなさそうだ。

「近いうちに、あなたの商会の店を訪問するわ。迷惑料代わりに、何でも売りつけてくれていいわ」

シルヴィア様は嫌っているクレマンのやらかしに対しても、事後処理する気があるらしい。公爵家の体面上、謝罪はできないけど、代わりに買い物をしてやるってことみたいだ。

「ありがとうございます。お待ちしております」

こうして、レヴィントン公爵令嬢がうちの商会で爆買いすることが決まった。

せっかくの機会だし、俺の考えた公爵令嬢最強コスチュームでも着せてみるかなぁ。


レヴィントン公爵令嬢シルヴィア様は、宣言通り、夜会の三日後にウチの店にやって来た。

「お勧めのものを頂戴。あなたのところは、絹のドレスが売りだそうね」

「はい。東の国の特産品、シルクスパイダーの糸で織った絹を用いてドレスを仕立てております」

シルヴィア様の言葉に、俺の母が答える。

大貴族様の来店に、両親と主要な店員全員でシルヴィア様を出迎えていた。ドレスの販売は母さんの担当だから、ここは母さんが中心になって接客する場面だ。でも――。

商品を出しに倉庫に入った母に、俺はそっと耳打ちした。

「シルヴィア様の接客を、私に任せてもらえませんか？」

「あなたに？　そうねぇ……もともとアレンが連れてきたお客様だし、あなたにも考えがあるのでしょうね。いいわ。横で見ているから、やってみなさい」

「ありがとうございます」

母から許可を得た俺は、倉庫からシンプルなドレスを持ち出して、シルヴィア様に着つけた。

「あら、地味じゃない？　ほとんど飾り気のないデザインだけど、サンプルだからかしら」

ドレスを着て鏡の前に立ったシルヴィア様は、不思議そうな顔をして言った。

「いえ、デザインはほぼこのままで仕立てるものです」

「そうなの？　馴染《なじ》みの店では、今年の流行は胸元に造花と宝石をあしらったものだって聞いていたけど」

女性の夜会ドレスは、腕と肩を露出させるのが正装だ。襟ぐりは深く、胸元がかなりあいている。最近はその胸元にレースや飾りでボリュームを持たせるのが流行《はや》っていた。先の夜会でシルヴィア様が着ていたのも、そういうデザインのドレスだった。

胸元の飾りは……元婚約者のリアーナのような貧相な体型を華やかに見せるのには向いていて、人によってはよく似合って可愛《かわい》らしくなる。以前にリアーナ用のドレスをウチで作っていたときは、そういうデザインばかりだった。でも――。

「胸のあるお嬢様が胸元をゴテゴテと飾り立てても、太って見えるだけでスタイルの良さが引き立ちません」

「ふとっ……」

「お嬢様のグラマラスなスタイルの良さを引き立てるには、スッキリと身体にフィットするデザインが望ましいと思います」

「そ……そう。……で、でも、色はどうなの？　地味じゃない？　飾り気のないドレスに地味な色なんて……」

「モーブ（薄く灰色がかった紫色）は若いお嬢様に似合う色だと思いますが……まあ、これは特にくすみの強いモブ色ですかね」

「モブ色……」

「先日お嬢様が着ていらしたワインレッドのドレスは、お嬢様には強すぎました。お顔立ちの派手なお嬢様があのように主張の強い色を身にまとわれては、うるさい女に見えてしまいます」

「うるさい女……」

「お嬢様はそのままで美しい、印象的な二重まぶたと高い鼻筋をお持ちです。ドレスはお嬢様の美しさの三歩後ろを歩くようなもので十分です」

「……そう。まあ、迷惑料代わりにあなたの売りたいものを買うと言ったから、あなたの言う通りのドレスを作るけど……ねえ、私、騙《だま》されてない!?」

「とんでもございません。私の中のセンスの神に従ったまでです」

「あー……そう。完成を楽しみにしているわ」

仮縫いを終えたシルヴィア様は、首を傾《かし》げながら帰っていった。

「あなた……大丈夫なの？」

一部始終を見ていた母が心配そうに俺に声をかける。

「はい。私の審美眼によれば完璧です」

〈神に与えられたセンス〉の力で俺には完成形が見えているからな。任せろ。

レヴィントン公爵邸にドレスを届けた次の夜会。

シルヴィア様はパーティーの主役になっていた。

華やかな存在感を示す彼女は、驚くほどシンプルなドレスを着ていた。だが、その絹の光沢は、ドレスを上品に見せてとんでもない高級品であることを匂わせてくる。

ドレスから覗《のぞ》く彼女の豊かな胸元は男の目を引きつけるけれど、優しい薄紫色に包まれた身体は同時に清楚《せいそ》な雰囲気を醸し出していた。

皆の注目を集めて、シルヴィア様はひっきりなしにダンスの申し込みを受けている。

人間っていうのは微妙な変化に敏感なものだ。クレマンのせいで付いた陰をドレスの力で消すと、シルヴィア様が魅力的な公爵令嬢であることを皆が思い出した。

公爵夫人になろうがなるまいが、彼女は一生、由緒正しい公爵令嬢で、その立場は揺るがないのだ。クレマンとの不仲からチャンスがあると思ったのか、若い男性たちが彼女に群がっていた。

「あのドレス、あなたが選んだんでしょ？　アレン君、本当に天才なのね。どう？　うちの舞台の演出も、一回やってみる？」

一緒に来ていたデュロン夫人が、感心したように俺に言った。

「いいえいいえ。デュロン夫人も見立てようと思えば、あれくらいのドレスは思いつかれていたでしょ

う？」

デュロン夫人は、今日のドレスの宝石使いもバッチリだし、手がける舞台も最終的に彼女のチェックで成立しているほどセンスのある人なのだ。

「うーん、それはそうなんだけど。男の子がちゃーんと女に似合うものを分かっているっていうのがポイント高いのよ。私の肖像画を描いたときも思ったけど、あなたって本当、ちゃんと女を見てるわね」

意味深にほほ笑む美人マダム。

いや、俺の観察力はチートスキルであって、俺自身はそこまでの女好きというわけでは……そういえば、こっち来て俺、女性の絵ばかり描いてたなぁ……。

俺はダンスホールで輝くシルヴィア様を眺めながら、デュロン夫人との会話にドギマギするのだった。


シルヴィア様が舞踏会の主役になって数日後。

「迷惑料がドレス一着だなんて安すぎるわ。追加で五着ほど注文するから、あなたの好きなものを選びなさい」

「はい。毎度ありがとうございます～」

俺は母と一緒に揉《も》み手でシルヴィア様の接客をしていた。

「ところで、今日は混んでいるのね。前に来たときは私以外にお客さんはいなかったけど」

シルヴィア様の指摘通り、店内は女性客で大変賑《にぎ》わっていた。夜会のシルヴィア様のドレスがラントペリー商会のものだと知られて、新規のお客さんが押し寄せたのだ。

「お嬢様がウチの店のドレスの宣伝をしてくださったお蔭《かげ》ですよ」

「あら？　私、あなたたちの役に立てたのかしら」

「はい、とても。今後ともごひいきに～」

リアーナとの婚約解消で、一時は売り上げの激減を危惧していたラントペリー商会のドレスの販売は、ここへきて絶好調となった。これなら、広告塔のリアーナが抜けたことで出た赤字も、すぐに取り戻せるかもしれない。

「あなたに、これほどドレスを選ぶセンスがあるとは思わなかったわ。アレン、あなた、ウチのドレス部門の救世主ね」

店の奥の倉庫でこっそりと母に褒められた。

「ありがとうございます。でも、元は私が原因のトラブルで赤字を出したわけですし……」

「あれはあなたが悪かったわけじゃないわ。それより、息子がこんなふうに才能を示してくれて、母親としては大変良い気分よ」

「母さん……」

満足げな母に、俺は、少しは親孝行できたかなと思った。

4

彼女の笑顔を描きたくて

転生してすぐにトラブルに見舞われたけれど、問題のある婚約者と別れ、彼女のせいで出た赤字を解消し、貴族の伝手《つて》も作って、俺の異世界生活は順調に回り始めていた。

でも、最初のトラブルの元凶となった奴《やつ》らは放置されたままだった。

俺にとってはもう関わらなければそれでいい存在。しかし、奴らは俺の知らないところでも、不幸をまき散らしていた。

サンテール子爵令嬢リアーナは荒れていた。

イライラしながらクローゼットを開ける。そこに新しいドレスはなかった。

「私に同じドレスでパーティーに出ろって言うの？」

ラントペリー商会の息子と婚約中、彼女のもとには頻繁に新しいドレスが届いていた。

シーズンごとに、大きな催しがあるごとに、相応《ふさわ》しい上質なドレスが供される。

十六歳からそれを当たり前に過ごしてきた彼女には、普通の子爵家の娘が必死にやりくりしてドレスを用意していることなど、知る由もなかった。

「ドレスがないわ。商人を呼んで」

と、リアーナは屋敷の執事に命じる。だが――。

「申し訳ございません。今年のドレスは、先日お作りになられたもので最後にしてください」

白髪の執事は仏頂面でそう言った。

「どういうことよ!?」

怒りのままに、彼女は執事を問い詰める。

「今の我が家には、年に何着もドレスを作れるほどの資金はございません」

「何でよ。ラントペリーから婚約解消の違約金をもらったんでしょ?」

「あのお金は、すでに当主様が館の修繕に使ってしまいました」

「ふざけないで!　あれは私のお金よ」

苛立《いらだ》つリアーナ。だが、執事は機械的に頭を下げるだけで何の役にも立たない。

執事の気の利かなさも、その奥に見える壁紙の古さも、無言で彼女に現実を突きつけていた。

子爵家の娘なんて、この程度なのだ。

彼女が望む暮らしを手に入れるためには、結婚して家を出なければならない。

彼女を愛してくれる素晴らしい相手ならすでにいる。今はただ、公爵家の病弱な現当主が彼に爵位を譲るのを待っているだけだ。

――でも、待っている間に、彼が私をみすぼらしいと思ったら……。

リアーナは昨日の夜会を思い出して不安になる。

あの日、見事な絹のドレスに身を包んだ公爵令嬢に、会場にいた男はみんな夢中になっていた。

——急がなきゃ。

うんざりするような野暮《やぼ》ったい家の中で、リアーナは焦り出していた。

レヴィントン公爵家の夜。

別邸にいるはずのクレマンが、不躾《ぶしつけ》に公爵邸のシルヴィアの部屋を訪れた。

彼は、ズカズカと夜中に女性の部屋に上がり込んだのである。

「ちょっと、こんな時間に何事ですの!?」

驚いたシルヴィアが警戒する。

「俺はこの家の跡継ぎだ。本邸に居て何が悪い」

「私と正式に結婚するまでは別邸で生活するという約束でしたでしょう。婚前に、このような夜中に会うものではありませんわ」

シルヴィアはクレマンを窘《たしな》めた。

だが——。

「ハッ」

クレマンはシルヴィアの言葉を鼻で笑った。

「昨日の夜会では俺以外の男に囲まれて上機嫌だったくせに、何をいまさら上品ぶってんだよ」

最近のシルヴィアは、クレマンの目から見ても、外見だけは魅力的になっていた。

彼はシルヴィアに近づいて、彼女の腕をガシリと摑《つか》んだ。

「俺と結婚できなくて困るのは、お前の方だろ。いつまで可愛《かわい》げのない態度でいるつもりだ」

「クレマン様、それ以上は……！」

慌てて部屋にいた従者がクレマンを止めようとする。

「うるさい！」

クレマンは魔力を込めた拳で彼を殴り飛ばした。

ガシャンッ！

従者は飾り棚にぶつかりながら倒れ、大きな音が響いた。棚の上の花瓶が割れ、辺りに花と水が散乱する。

「シルヴィアお嬢様？」

「何事ですか!?」

異様な物音を聞きつけて、屋敷の使用人たちが一斉に集まってきた。

「チッ……。シルヴィア、お前はこの家の女主人を気取っているが、お前に相続できるものは何もないんだぞ。……シルヴィアについている奴らも考えて行動しろ。俺が当主になったら、気に入らない奴は全員解雇することだってできるんだからな！」

シルヴィアと使用人たちに睨《にら》まれながら、クレマンは捨《す》て台詞《ぜりふ》を吐いて本邸を出ていった。

シルヴィアは、倒れた従者を助け起こした。

「顔が腫れている。すぐに冷やした方がいいわ……ごめんね」

「お嬢様こそ、ご無事ですか？　ああ……酷《ひど》い、痣《あざ》になって……」

クレマンに摑まれたシルヴィアの手首には、赤く痕が残っていた。

「もう一度、旦那様に相談しましょう。あのような方が公爵家を継ぐのが正しいとは、どうしても思えません」

切実な瞳で従者はシルヴィアに訴えた。

「そうね。でも……」

継承のルールは絶対だ。どんな酷い人間でも、血統が正しければ莫大《ばくだい》な権力と財産を相続できる。そして、どんな奴であれ、継承者がいないよりはマシなのだ。同じような男系相続の家で、女子だけを残して断絶した家もある。クレマンがいけ好かないからといって、継承者不在で家を潰してしまえば、長年公爵家に仕えてきた皆が路頭に迷ってしまう。

——誰が公爵になろうと、私が家を差配して公爵家が安定すればそれでいいのよ。

シルヴィアは自分が我慢することで家を守れるなら、それで良いと考えていた。

デュロン夫人の劇場用版画の元絵を描いていると、もう何度目かになるシルヴィア様が来店したと告げられた。

当座の接客は母がしてくれているが、俺が担当するお客様だ。

俺は急いでインクの付いた手を洗って、店に出られる格好に着替えた。

「お待たせしてすみません。ご来店ありがとうございま――!?」

シルヴィア様は、応接室のソファーに座っていた。その横に、なぜか俺の妹のフランセットがくっついている。

「フ……フランセット？　何で!?」

びっくりして、シルヴィア様の接客をしていた母の顔を見た。

「お嬢様がお元気なさそうだったから、アニマルセラピー？」

……母さん、自分の娘を動物扱いですかっ。

シルヴィア様はぼんやりとした表情で、フランセットのふわふわの髪の毛をゆっくりと撫《な》でていた。

妹は先日俺が教えた折り紙を、シルヴィア様に折って見せていたようだ。……ん？　俺が描いた劇場用版画の下絵まで持ち出してる。妹よ、それは大事な売り物だぞっ。

「これは、お兄ちゃんが私を描いた絵です。こっちは知らない女の人で……」

「そう。アレンは絵が上手《じょうず》なのね」

「はい。お兄ちゃんは暇さえあればキレイな女の人の絵ばっかり描いているんです。きっとシルヴィア様のことも描きたくてしょうがないと思います」

「へえ、そうなんだ～」

妹よ、何言っちゃってんの。

それにしても、シルヴィア様に元気がないというのは本当のようだ。どんよりして目の下に隈《くま》ができている。眠れなかったのかもしれない。

「お嬢様の右腕、赤くなってるの」

こっそりと母が耳打ちしてきた。たしかに、よく見ると袖口から覗《のぞ》く彼女の手首は赤く腫れていた。

公爵令嬢に暴力を振るうなんて、できる奴はそうそういない。でも、彼女の近くには、そんなことをやらかしそうな粗暴な男が一人いた。……彼女の婚約者、クレマンである。

――胸糞《むなくそ》悪い。

俺は手のひらに爪を食い込ませた。

「ねえね、せっかくだし、ここでシルヴィア様の絵を描いてみたら、お兄ちゃん？」

大人の気も知らず、フランセットは無邪気に俺に絵を描くことを勧めてきた。

――いや、待て。良い手かもしれない。

俺には〈神眼〉があるのだ。

鑑定すれば、シルヴィア様を元気づける方法が分かるかもしれない。

「そうですね。簡単な絵ならすぐに描けますので、ちょっと描いてみましょうか」

俺はアトリエから道具を持ってきて、線画でシルヴィア様の似顔絵を描くことにした。

シルヴィア様を描いていると、無意識に俺の眉間にまで皺《しわ》が寄った。

サッと描くだけの絵でも、俺のスキルは彼女の押し隠した内面の苦痛を的確にとらえてしまう。

「あ……」

できあがった絵は、彼女に見せられるものではなかった。

「できたの、お兄ちゃん？」

「あ、えーと、その、失敗して変になった……かも」

絵を隠そうとする俺を制して、フランセットは無理やりスケッチブックを覗き込んだ。

「……キレイだよ、お兄ちゃん？」

「あ、ちょっと、フランセット……」

俺の絵は、形としてはこの上なく美しい女性のデッサンだった。だから、おそらく、モデルになった本人以外が見れば、ただの良い絵だ。

でも、その中にわずかに漂う翳《かげ》りは、モデルの内面に土足で踏み込んだようなもので、当人にとって気分の良いものではないだろう。

フランセットはそのままシルヴィア様のところに絵を持っていってしまった。

それを見た彼女は力なくほほ笑む。

「なるほど。デュロン夫人があなたのことを天才画家と言ったのも納得ね」

シルヴィア様は自嘲するような笑みを浮かべ、

「ごめんなさいね。あなたの絵のモデルになるなら、もっと調子が良いときにした方がよかったわ」

と言った。

「えっと……はい。いつか、笑顔のお嬢様を描かせてください」

そう俺が言うと、彼女は小さく頷《うなず》いた。

「そうね。次は白黒じゃなくて、ちゃんとした油彩画で描いてもらいたいわ」

「はい」

再びフランセットとお喋《しゃべ》りを始めたシルヴィア様と向かい合ってソファーに座り、俺はスキルの〈メモ帳〉を開いた。

〈神眼〉の発動条件を満たした絵を描いたから、鑑定はできているはずだ。

鑑定には俺にとって役立つ情報が出ていることが多い。今回も、シルヴィア様の気持ちを浮上させるヒントがあるかもしれない。

《シルヴィア・レヴィントン　十八歳　公爵令嬢
実家であるレヴィントン公爵家を、偽りの後継者に乗っ取られそうになっている。彼女の性格は我慢強く、このままでは簒奪者《さんだつ》のいいようにされてしまう》

…………何っ!?

急にギョッとした顔になった俺を、不思議そうにシルヴィア様が見つめる。

「どうしたの？」

「あ……あの、クレマン様というのは、どういう方なのでしょうか？」

「え？」

ヤバい、衝撃から前置きもなく質問してしまった。

「失礼しました。我が家は東の国からやって参りました商人ですので、王国の貴族について細かいところまでは疎く、気になってしまいまして……」

俺は何とか言い訳を捻《ひね》り出して誤魔化《ごまか》した。

「そうなのね。まあ、察しの通り私の悩みの種はクレマンよ。あなたに話してみるのも、いいかもしれないわね」

シルヴィア様がそう言うと、真面目《まじめ》な話になることを母が察して、

「フランセット、そろそろおやつにしましょうか」

と、妹を連れて部屋を出てくれた。

部屋にはシルヴィア様と彼女が連れてきた侍女、そして俺だけになる。

侍女の人はさっきからずっと壁に張り付いていて無言だ。

「それじゃあ、話を続けるわね。――クレマンは、父の弟の息子、私の従兄弟《いとこ》よ」

「従兄弟……」

意外と血が近かったんだな。クレマンとシルヴィア様は全く似てないけど。

「家の恥になるから、あまり広めたくはないのだけどね、叔父様は昔、娼婦《しょうふ》に惚《ほ》れてしまって、駆け落ちして家を出たの」

「なんと……」

「醜聞にはなるけれど、叔父様はその元娼婦と婚姻届を出しているから、クレマンは手続き的には叔父様の息子として問題ないの。出生時の血統鑑定証もあるし」

「鑑定証……」

こちらの世界の科学技術は未熟だけど、代わりに魔法がある。新生児は教会に出生を届けられるとき、教会独自の血統鑑定魔法で両親を確定させることができた。触媒が希少でお金がかかるから、やるのは有力貴族くらいだけど、クレマンはレヴィントン家の血縁だから出生時に調べられたのだろう。

だが、俺の〈神眼〉によると、クレマンは偽りの後継者だ。それが事実だとすると、彼はレヴィントン公爵家の血を引いていないことになる。

遺産目当てで別人が成り代わったか、赤子の時点で取り違えが起きたか、そもそも鑑定証が偽造されていたか……。何かが起きていたことは確かだ。調べてみた方がいいだろう。

「クレマン様のご両親は、ご健在なのですか？」

一番事情を知っているのは、クレマンの親だよな。

「いいえ。叔父様はすでに亡くなっているわ。母親の方は存命で、別邸でクレマンと一緒に暮らしているけれど」

「そうなのですね。――すみません、根掘り葉掘り聞いてしまって」

「いいのよ。あなたはクレマンに婚約者を奪われたのだもの。加害者について知りたくなるのも分かるわ」

と、シルヴィア様はこちらに寄り添うように言った。自分が辛《つら》いときでも、相手を気遣える――

第一印象はそんなに良くなかったけど、シルヴィア様は優しくて良い人だ。

そんなことを思って気が緩んだのか、俺はつい、

「そうですね。あの風魔法は衝撃でした」

と、うっかり口を滑らせてしまった。

「……風魔法？」

シルヴィア様が首を傾《かし》げる。

そして、ハッと何かを察したように目の色を変えた。

「ちょっと、どういうこと!?」

シルヴィア様に迫られて、俺はやらかしに気づく。

俺が大怪我《おおけが》した日の夜会に、シルヴィア様は出席していなかった。

だから、彼女が把握していたのは、クレマンとリアーナの浮気までだったんだ。俺がクレマンに殺されかけたことは、あのパーティー会場でもみ消されて、外には漏れていなかった。

「いえ……婚約者に近づくクレマン様に、私が抗議して、無礼討ちに……」

俺の言葉に、シルヴィア様の顔が真っ青になった。

「ごめんなさい」

と、彼女は顔を覆って震える声で謝罪を口にした。

「い……いえ。やったのはクレマン公子です。お嬢様が悪いわけじゃ……」

俺は必死になって止めるが、

「よく考えれば分かることだったわ。彼が酷い乱暴者なこと、私は知っていた。それなのに、私、家を守るためだなんて思って――」

シルヴィア様は両手で顔を隠したままブツブツと呟《つぶや》き、

「大至急、調べなきゃいけないことができたわ。あなたに正式な謝罪をするためにも、ちゃんと調査する。今日はこれでお暇《いとま》するわ」

再び背筋を伸ばすと、真《ま》っ直《す》ぐに俺の目を見てそう宣言した。

「はい」

「ごめんなさいね。私、もっとしっかりする」

シルヴィア様は決意を秘めた目をしていた。

シルヴィア様を見送って、アトリエに戻った俺は、スケッチブックにクレマンの似顔絵を描いた。
奴の顔は、リアーナとの浮気現場で目に焼き付いていたから、思い出すだけで正確に描くことが

できた。
絵を描き終えて〈メモ帳〉を見る。
《クレマン　二十一歳　公爵家の偽りの跡取り
母親は元娼婦、父親はその客。義父はレヴィントン公爵の弟。血統鑑定証の偽造は、密《ひそ》かに母親が行った》

なるほど。クレマンの母親が不正をしていたのか。

これで、クレマンにレヴィントン公爵家を継ぐ資格がないことが、はっきりと分かった。

しかし、今のままでは、この事実を公表することはできない。チートスキルの〈神眼〉で真実を知ったなんて言っても、胡散臭《うさんくさ》いし証拠がないから。

クレマンの血統鑑定証が偽物だと証明するには、もっと情報が必要だった。

だが、記憶だけでクレマンを何枚描いても、追加の情報は得られなかった。

もし、クレマン本人と直接向き合って肖像画を描けば、新しい情報が手に入るだろう。でも、クレマンに殺されかけた俺が再びアイツに近づくのは、危険だし避けたい。

クレマンの血統鑑定証を偽造したのが奴の母親なら、そちらに接触する方が手っ取り早いだろうな。彼女は現在、公爵家の別邸でクレマンと暮らしているらしい。それなら、社交界にも顔を出しているはずだ。

クレマンの母親の情報を集めよう。
社交界の事情に詳しい人物――デュロン夫人に何か知らないか聞いてみるかな。

「クレマン公子の母親？　ああ、最近、社交界に馴染《なじ》もうと必死になっている方ね」

デュロン伯爵邸を訪問して夫人に尋ねると、そのように教えられた。

「公爵になることが決まっている息子はともかく、その母親は上流階級に受け入れられていないようね。息子のクレマン公子はそれほど親孝行するタイプじゃないみたいだし。望みの夜会の招待状をもらえなくて苦労しているみたいよ」

「なるほど」

「……でも、うちの舞台はよく見に来ているのよね」

と、デュロン夫人は複雑そうな顔をして言った。

「けっこう熱烈なファンになってくれているみたいなの。社交界で彼女の相手をしたいとは思わないけど、劇場にとってはいいお客様なのよね。彼女がどうかしたの？」

「彼女に直接会って、話をしてみたいんです」

「そうなの。劇場で販売しているあなたの版画のことは、彼女も当然知っているはずよ。彼女が来ているときにボックス席に行ってみたら？　あなたの絵を見せれば、簡単に話しかけられると思うわ」

「ありがとうございます。その手でいってみます」

俺はすぐにデュロン劇場へ向かった。

劇場の支配人に聞くと、ちょうど次の公演を見にクレマンの母親が来ているようだった。

彼女のいるボックス席へ向かう。

「私、こういう絵を描いている者でして――」

スケッチブックに何枚か描いていた役者絵を見せると、クレマンの母親は喜んで俺と話をしてくれた。

「劇場によくいらしてくださっている方へのお礼に、簡単にですが似顔絵を描かせてもらっているんです。よろしければあなたの絵も描かせてください」

そう言うと、クレマンの母親は疑うことなく俺に絵を描かせてくれた。

《ロバータ　四十六歳
クレマンの母親。レヴィントン公爵の弟の妻。一人息子の父親は、彼女の夫ではない。それを隠すために、ギャンブル中毒の教会魔術師に金を払って、偽造の鑑定書を書かせた》

……なるほど。そうやって、クレマンがレヴィントン公爵家の血を引いている血統鑑定証を手に入れたのか。鑑定証を信頼して、レヴィントン公爵家は血統の再鑑定をしなかったのだろうな。

でも、当時ギャンブル中毒だった教会魔術師が、そのまま無事に仕事を続けられたとは思えない。

そこを調べれば、鑑定書が怪しいことを証明できそうだ。

そう予想して、次に教会の魔術師を調べると、該当する魔術師が横領で教会から破門されていることが分かった。


夜。

アトリエの机に頬杖《ほおづえ》をついて、俺は絵の制作作業も進めないまま、ずっと考え事をしていた。

クレマンの血統鑑定証を書いた教会魔術師が破門されていることは、教会の記録に残っていた。

教会は比較的クリーンな組織なので、教会内の不祥事の記録もちゃんと残っていて閲覧できたのだ。

しかし、現在俺は次にどうするかで悩んでいた。

この記録のことをシルヴィア様に伝えれば、クレマンを血統鑑定魔法で再鑑定するだろう。そうすれば、クレマンに公爵家の継承権がないことが確定する。

――問題は、それをレヴィントン公爵家が望んでいるかだ。

クレマンは最低な後継者だが、後継者がいないよりはマシなのだ。もしクレマン以外の後継者が見つからなければ、レヴィントン公爵家は断絶という最悪の事態を迎えることになる。書類上問題のないクレマンをこのままにしておきたいと考えるかもしれない。

「どっちにしろ、シルヴィア様にこの情報を伝えるだけは伝えた方がいいだろうけど」

後の判断は公爵家の人がするだろう。

……でも、もし俺が真実を伝えた上で、公爵家が存続のためにそれを隠蔽したとしたら――俺は口封じに殺されるかもしれない。

「かといって、ここでビビってクレマンを放置するわけにもいかないぞ」

クレマンは、転生直後の俺を躊躇《ちゅうちょ》なく攻撃して殺害した。ゲームアプリのフォローがなければ、俺はあの夜会で死んでいたのだ。

奴は平気で人に暴力を振るう。そして、それを公爵家の権力でもみ消せることを知っている。

「やっぱり、アイツをこのままにはしておけないよな。覚悟を決めて、伝えよう」

そう決めると、俺は立ち上がって絵の作業に戻ることにした。

――まったく。金持ちの家に生まれて好きに絵を描いて暮らしたかっただけなのに、とんでもないことに巻き込まれたもんだなぁ。


俺がシルヴィア様にクレマンのことを伝えようとしていた矢先、彼女の方から俺を訪ねてきた。

「私の知らないところで、クレマンがとんでもない事件をいくつも起こしていたことが分かったわ。彼は気に入らないことがあると、すぐに手が出るようね」

応接室で、シルヴィア様の話を聞く。シルヴィア様の手元には、きちんと整理されたファイルが置かれていた。彼女は本気でクレマンのことを調査したらしい。

「クレマンの住む別邸の執事が買収されていたせいで、別邸で不当に暴行されて辞めていった使用人からの報告が上がっていなかったの。もみ消しに協力した使用人を特定して解雇したわ」

シルヴィア様はそこまで言うと、居ずまいを正して真正面から俺を見た。

「今日ここに来た理由は、あなたに謝罪するためなの」

「謝罪？」

俺が聞き返すと、シルヴィア様は俺に向かって深く頭を下げた。

「私のいない夜会で、クレマンがあなたに大怪我をさせていたと知ったわ。本当に、申し訳ありませんでした」

シルヴィア様は、クレマンの悪事をできるかぎり把握して、判明した被害者一人一人に謝罪して回っていたらしい。

「お……おやめください。シルヴィア様が悪いわけではないので」

どっちかというと彼女も被害者側だろう。

「いいえ。公爵家の後ろ盾がなければ、クレマンはとっくに逮捕されるか誰かに報復されていたわ。アレを増長させた責任は、レヴィントン家にあったのよ」

「そ……それは……」

理屈の上ではそうなのだけど、俺は、シルヴィア様にこんな謝罪をさせたくないと思うくらいには、彼女に同情し、好感を持っているんだ。

「仕方なかったんじゃないですか。私には、シルヴィア様がクレマンの悪事に加担するような人じゃないってことくらい、分かりますよ」

俺がそう言うと、シルヴィア様は込み上げてくるものを堪《こら》えるように、瞳を潤ませた。

「それでも、私は……」

目を真っ赤にして泣くのを我慢しているシルヴィア様を見て、俺は昨夜悩んでいたことを、密かに申し訳なく思った。

「あの、少々お伝えしたいことが――」

俺は彼女に、クレマンの血統を鑑定した教会職員が不正行為で解雇されていたことを伝えた。

俺の話を聞き終えると、シルヴィア様は思い当たる節があったのか、

「そう。……腑《ふ》に落ちたわ」

と言った。

「クレマンは私の父にも、叔父様にも全然似てないの。母親似なのかとも思ったけど、実の母親とも違う容姿だったのよね。血統鑑定魔法で確認してみるけど、おそらく、当たりだわ」

そこまで言って一息つくと、シルヴィア様はジッと俺を見つめ、

「ありがとう。あなたのお蔭《かげ》で、私は間違えずに済みそうだわ」

と、再び深く頭を下げた。

「いえ、たまたま耳にはさんだ情報というだけです。他の方には決して口外しないので、安心してください」

俺がそう言うと、シルヴィア様は困ったように苦笑して、

「心配しないで。あなたの名前は絶対に出さない」

と、言ってくれた。

「ごめんなさいね……本当に。今回の件で、貴族のこと、かなり警戒するようになってしまったんじゃない？」

「え？　えっと……」

図星だけど答えにくいことを言うなぁ。

「クレマンのせいで、死ぬかもしれない怪我だったと聞いたわ。本当にとんでもないこと。——お金で済む問題じゃないけれど、賠償金を支払わせて」

そう言って、シルヴィア様は金貨の入った重い袋を俺に渡そうとしてきた。

「いえ、要りませんよ。俺の怪我は幸い後遺症も何もありませんでしたし」

「ダメよ。こういうことはしっかりしておかないと——」

俺とシルヴィア様は、前世の日本でしばしば見かけた「払う」「払わなくていい」のお会計の取り合いみたいな状態になった。

「いやいや、やめてください。……公爵家の方に謝罪させて賠償金まで支払わせたとあっては、ウチは王都で商売ができなくなります！」

大貴族に謝らせたなんて評判、商人は欲しくないんだよ。

俺が本気で嫌がっていることに気づいたシルヴィア様は、困ったようにしばらくうつむき、

「それじゃあ、以前と同じように、買い物で支払うわ。前に来たとき、あなたに肖像画を描いてもらうって話をしていたでしょう。その支払いで返すわ。芸術品の価格なら、私の気持ちで上乗せしてもいいでしょう？」

と言った。

「それなら……ありがとうございます」

俺が受け入れると、シルヴィア様はホッとしたようにほほ笑んだ。

――あ、可愛い。

緊張感のある話し合いが終わって気が抜けたのか、俺は目の前にいるのがとんでもなく美人な女の子であることを思い出し、崩れそうになる自分の表情を慌てて戻した。

「ああっ……お時間が許すようでしたら今からでも肖像画の制作に取りかかりましょうか？　アトリエに道具は揃《そろ》っていますので」

そう俺が提案すると、シルヴィア様はハッとして頬に手を当てて首を横に振った。

「い……今すぐはダメ。笑顔の綺麗《きれい》な状態で描いてもらう約束でしょ。もう少し待って。――決着をつけてくるから」

彼女は最後にしっかりとした声でそう言うと、急いで帰っていった。

俺はシルヴィア様を見送りながら、彼女にとって納得のいく決着がつくことを祈った。

それは奇《く》しくも、レヴィントン公爵家主催のパーティーでのことだった。

「ようこそ、デュロン夫人、ラントペリーさん。楽しんでいってくださいね」

俺はいつものように、デュロン夫人と一緒に会場に入る。すると、シルヴィア様に声をかけられた。彼女は、夜会の主催者として忙しく動いているようだった。

クレマンの方は、まだ公爵家の跡取りのままで、いつも通り広間の中央でリアーナといちゃついていた。

俺がシルヴィア様にクレマンのことを伝えてから、あまり日が経《た》っておらず、表面上は今までと変わりなかった。

「アレン君、この間はありがとうね。娘のドレス、最高の仕上がりだったわ」

「私も今度のドレスはラントペリー商会さんで作ろうかしら」

「ありがとうございます。お待ちしております」

俺はデュロン夫人やマダムたちと商談交じりのお喋りをして過ごした。

夜会の開始から三十分くらい経っただろうか。

全ての来場客が到着して、玄関ホールで迎えの挨拶をしていたシルヴィア様も、やっと一息つけ

た頃だろう。

突然、会場の中央から大声が響いてきた。

「またお前は、俺に指図するなと言ってるだろ！」

クレマンだ。隣にリアーナもくっついている。

彼ら二人と対峙《たいじ》しているのは、シルヴィア様だった。

「クレマン、あなたはこの夜会のホストなのよ。来場してくださったお嬢様たちと一曲ずつダンスを踊るのがマナーだと教えたでしょ。それなのに、さっきからずっと同じ娘とばかり……」

うん。夜会に来た人全員、違和感を持っていたと思うよ。クレマンは自分の家が主催する夜会でも、お客様気分で好き勝手に振舞っていたから。

「ふん。そんなことより、俺もお前に言いたいことがあったんだ。シルヴィア、貴様、リアーナに数々の嫌がらせをしたそうだな」

そう言って、クレマンはシルヴィア様を睨みつけた。

「嫌がらせ？　何のことよ」

「とぼけるな！　リアーナから聞いているぞ。彼女の新しいドレスを汚して使えなくしたそうだな。そのせいで、リアーナはずっと同じドレスで夜会に参加することになってしまったんだぞ」

クレマンがシルヴィア様を責め立てる。

だが、最近の彼女はクレマンのやらかしの調査で忙しかったはずだ。リアーナに嫌がらせなどしている暇はなかっただろう。

「大方、子爵家の娘が新しいドレスを作れなかったことに下手《へた》な言い訳でもしたのでしょうね」

デュロン夫人がボソリと小声で呟いた。

「でしょうね。以前あの小娘が分不相応な高級ドレスを着られていたのは、アレン君の婚約者だったからですものね」

近くのマダムたちも便乗して、ひそひそとリアーナの悪口を囁《ささや》き出した。

「今思うと、リアーナ嬢の魅力って、おそらくアレン君によってかなり盛られてたわね」

「へ？　俺？」

デュロン夫人の言葉に、驚いて俺は自分を指さした。

「婚約を解消する前のリアーナ嬢のドレス、アレン君が全部選んでいたんじゃない？」

「あー……そうですね」

リアーナはラントペリー商会の広告塔でもあったから、オートモードの俺がプレゼントという形で彼女に似合う服を贈っていた。

「それで下駄《げた》を履かされた状態を、自分の魅力だと勘違いしちゃったのね。アレン君と別れてから、実は彼女の魅力はどんどん下がっていたのよ」

「そんなことが……」

リアーナなんか視界に入れたくなかったから、あんまり見てなくて気づかなかった。どうやら容姿の劣化に焦ったリアーナが、墓穴を掘ったようだ。

そして、俺たちがそんなことを話している間も、シルヴィア様とクレマンの口論は続いていた。

「リアーナ嬢に嫌がらせ？　身に覚えがないわ。何言ってるの、あなた」

シルヴィア様が困惑した様子を見せるのに、

「嘘《うそ》をつくな！　リアーナが泣いて俺に告白してきたんだぞ！」

と、クレマンは頭ごなしに彼女を怒鳴りつけた。

何だコイツ。リアーナの嘘にコロッと騙《だま》されやがって。

……でも、何かこの会話、デジャヴを感じるような……。

「クレマン、大声を出さないで。お客様が驚いているわ」

シルヴィア様が常識的に窘める。だが、クレマンは止まらない。

「うるさい！　シルヴィア・レヴィントン、貴様との婚約を破棄する！」

えええぇぇっ!?

周囲の貴族たちが皆一様に目を剝《む》いた。

突然何を言い出すんだ、コイツは。

「貴様のような身分を笠《かさ》に着た嫌味《いやみ》な女と結婚する気はない。お前がいなくとも、俺は前公爵の孫だ。継承に問題はない。そうだというのに、お前は自分勝手に公爵家を牛耳ろうとして……」

クレマンの奴、公衆の面前でとんでもないことを言い出したな。

周りはびっくりして戸惑うばかりだ。

下手に関わり合いたくないのか、クレマンとシルヴィア様を囲むように人の空洞ができて、まるで彼ら三人がサークル状の舞台に立っているかのようだった。

そこへ、勇気あるレヴィントン家の使用人が一人駆け寄り、シルヴィア様に一通の封筒を渡した。彼女はその場で封筒の中身にサッと目を通す。そして、

「……分かったわ。婚約破棄、受け入れるわ」

と、淡々とクレマンの要求を受け入れてしまった。

周囲のざわめきが、より一層大きくなる。

「これで、私とあなたの間には何の関係もなくなったわね」

シルヴィア様は堂々と言い切った。それから――。

「……ここまで騒ぎになったのだもの。この場で処理してしまうことにするわ。今、正式な結果が届いたの。でも、お互いに目立って得なことはないから、後でこっそり話してあげるつもりだったのに」

と続けて、意味深にほほ笑んだ。

「何？」

「クレマンさん、あなたにはレヴィントン公爵家の血は一滴も流れてないわ。先日、健康診断と称して医者があなたの血を少し抜いたでしょう？　あれに血統鑑定魔法をかけたのよ」

シルヴィア様が先ほど受け取った手紙の中身をクレマンに突き出す。そこには奴がレヴィントン公爵家と無関係だという証拠があった。

「なっ!?　ふざけるな！　……そんな紙を偽造して、くだらない陰謀を……」

驚いたクレマンは、シルヴィア様から紙を奪い取り、ぐしゃぐしゃにして床に投げ捨ててしまっ

た。

「嘘だと思うなら、今度は皆さんの前で血を抜いて検査してみる？　結果は同じだろうけど」

シルヴィア様は平然とした様子で、

「あなたが生まれたときの血統鑑定書を書いた教会魔術師は、横領ですでに破門されているわ。そんな者が書いた書類に信用はない。だから、再鑑定させてもらったのよ」

と続けた。

ざわめく来場客たちは、一斉にクレマンに疑惑の視線を向け出した。

「そう言われてみれば、クレマン公子は現レヴィントン公爵にもシルヴィア様にも、全く似ていませんね」

「魔力の強さは貴族ゆずりのように見えましたけど、使える魔法系統がレヴィントン家と合わなかったそうですよ」

「どこかの貴族の私生児なのかもしれないが、まあ、レヴィントン家の格には合わない奴だったな」

囁き合う人々は、クレマンがレヴィントン家と繋《つな》がらない理由をたやすく見つけ出していった。

「でたらめを言うな！　俺の父はレヴィントン公爵の弟だ。お前たちに家を追い出されて苦労はしたが、その事実は変わらない！」

クレマンが絶叫する。

奴は怒りのままに、以前俺にも放った風魔法をシルヴィア様に向けた。

「危ないっ！」

だが、奴の魔法はシルヴィア様の結界魔法によって全て打ち消された。

「お粗末な魔法ね。武門のレヴィントン家のものじゃないわ。パーティーに無関係の狼藉者《ろうぜきもの》が紛れ込んでいたようね。つまみ出して！」

クレマンは公爵家の護衛の者たちによって拘束された。

「そうそう。あなた、公爵家の跡取りだと偽って、各所でずいぶんと乱暴狼藉をしていたそうじゃない。公爵家の落ち度もあるから、被害者には私からも謝罪するけど、あなたのことは遠慮なく訴え出るように伝えるつもりよ。逃亡しないように拘束しておいた方がいいかしら。連れていって」

「な……放せっ！　クソっ……」

クレマンは公爵家の者たちに連行されて、そのまま公爵令嬢への暴行の現行犯で王国の牢《ろう》に入れられることになった。


「え……なんで……なんで……」

後には、クレマンのコバンザメをしていたリアーナだけが残された。

会場の外に連れ出されるクレマンを見送ると、人々の視線は一瞬、ポツンと残されたリアーナに集中した。

彼女はそれに堪えかねて顔を覆うと、猛ダッシュで会場の外へと逃げ出した。

そのまま、彼女が戻ってくることはなかった。

公爵家の邸宅。

一階の庭に面した大きな窓から、明るい光が差し込んでいる。

俺のキャンバスの前には、嘘偽りない笑顔のモデルがいた。

彼女に似合うのは、神々しい朝日だと思いついて、俺は画面の中でだけ嘘をつく。

家具の影を引き伸ばし、光に黄色味《きいろみ》を添加して。

光の入れ方も、遠近法も、彼女を引き立てるためのもので、理詰めで考えれば全部嘘。でも、俺の心にとっては正しい描写だった。

以前に悲しむ彼女を描いたときは、全て写実的にしようとしていたくせに。今の俺には、正直であることより、彼女を最大限に美しく見せることの方が大事になっていた。

「あなたのお蔭で、私は間違えずに済んだわ。ありがとう」

薄い黄色の光を引き伸ばす俺に、彼女が話しかけてくる。

「あのね……お友だちになってほしいの。あなたといれば、私はこれからも、間違えずにいられる気がするから。率直に話し合える関係になれたらいいなって。だから、プライベートの場では、敬語を使わないで。私のこと、呼び捨てにしてくれていいから」

唐突に言われて、俺は思わず大きなキャンバスから顔を出し、

「できませんよ」

と、答えた。

「そう？　でも、公爵家が断絶したら、私は平民ってことになるのよ。そうしたら、あなたとの間にある障壁もなくなるんじゃない？」

ケロッととんでもないことを言う彼女を咎《とが》めるように、

「シルヴィア様！」

と、俺は彼女の名前を呼んだ。

「シルヴィア！　……様は要らないわ。あのね、私、公爵家を守ろうと思うあまり、大きな間違いを犯すところだった」

彼女は静かに語り出す。

「公爵家が断絶したら、家の伝統は失われ、長年仕えてくれた者たちも寄る辺を失ってしまう。だから、私は我慢して、クレマンを後継者にするしかないと思っていたの。そのせいで、アレがどういう者か気づいていながら、自分が我慢すれば何とかなるんだと、自分自身を騙そうとしていた。あのままクレマンを暴走させていたら、レヴィントン家の名の下に、多くの人を不幸にしていたわ」

彼女の表情に、苦い痛みが混じった。

「あなたに会えてよかった。お蔭で気づけた。あなたは鏡のように私の本質を見抜いてしまう。ドレスを選んでも、絵を描いても。私がちょっと我慢して不幸になるだけで他の人が救われるなんてこと、本当はありえなかったのよ。だから、私も、もっと視野を広くして考えることにした。公爵

家の新しい後継者を探すにしろ、このまま断絶した後のことを考えるにしろ、皆のために最善を尽くす」

そう言った彼女の表情は明るかった。

「でも、これは大変なことだから、支えてくれる人が必要なの。だから、ねえ、私のお友だちになってよ」

「シルヴィア様……」

「様は要らないって。呼び捨てで、ズバズバ言っちゃって」

おどけた表情を見せる彼女に向かって、俺は、

「シルヴィア」

と、彼女の名前を呼んだ。

瞬間、彼女の大きな瞳が少し潤んで、唇と頬のピンク色が際立つ。

その一瞬をとらえて――。

穏やかな公爵邸で、俺はこの世界に来て最初の神絵を生み出しつつあった。

第2章　天才画家、世に現る

1　美味《おい》しいコーヒーを飲むために

クレマンの問題を片付けて、平和が訪れたある日の午後。

俺は父に連れられて、貴族街までやって来ていた。

「立派なお屋敷ですね」

見上げた屋敷の窓ガラスは、面が大きく仕切りの桟が細い。それは、こちらではお金持ちの証《あかし》だった。

「バルバストル侯爵のお屋敷だ。侯爵は女王陛下のお気に入りでな。実業家を集めた交流会を主催なさっている」

と、父が説明してくれる。

「侯爵にはお前も世話になっているんだぞ。サンテール子爵家との婚約解消、間に入って取り成してくださったのは、バルバストル侯爵だ」

「そうだったのですね」

商人に協力的な大貴族様。

今日は、そんな希少な人物が主催する集まりに参加する。

ラントペリー商会の跡取りとして、父の付き合いのある有力者に顔を見せに行くのだ。

俺は少し緊張しながら、父とともに侯爵邸の門をくぐった。

侯爵邸は身なりの良い実業家や、事業を行っている貴族たちでごった返していた。

大きな部屋の各所にテーブルやソファーが置かれ、人々は小グループに分かれて、めいめいが興味のある話をしている。

広い部屋の中は自由な雰囲気だった。

「おお、ラントペリー商会さん。ご無沙汰しております。最近そちらは景気が良いと伺っていますよ」

「君がアレン君か。デュロン劇場の役者絵を描いているんだろう？　いやぁ、あれは見事だったね」

部屋に入ると、父や俺に興味のある大人が話しかけてきた。父と二人で営業スマイルを作ってそれに応対する。

——なかなか大変だけど、感じの良い集団みたいだな。

屋敷の中では身分など関係ないというように、自由に商談が飛び交っていた。

「経済を発展させるため、商人に自由を保障するべきだというのが、侯爵のお考えだ」

なるほど。そういう考えでこれだけ人を集めているのか。バルバストル侯爵はやり手みたいだな。

活気のある部屋の中を物珍しく眺めていると、ふと、懐かしい香りが漂ってきた。

——コーヒーの匂いだ！

こっちの世界では初めて嗅いだ。久しぶりだなぁ。

ここは異世界なので、地球にあるものが全てあるわけではない。同じように見えて、実は違うというものも多かった。

こっちの世界のお茶は、独特の香りのハーブティーみたいなもので、コーヒーは今まで一度も見たことがなかった。存在しないのだと思ってたよ。

「南大陸から仕入れられるようになったコーヒーという飲み物です。皆様、どうぞご試飲ください」

香りのもとには、金髪碧眼《へきがん》のものすごいイケメンと、中年の貴族らしき男性がいた。彼らは大きな盆を持った従者を連れて、皆にコーヒーを配って回っていた。

「……彼がバルバストル侯爵だ」

父がそっと耳打ちしてくる。

「えっと、どっちが？」

年上の男性の方が上質のスーツを着ていて貴族らしいけど、覇気がないから、やり手の政治家って感じはしない。

若い方も貴公子然としているけど、これだけ実業家を集めた会の主催者としては若すぎないか？

……いや、よく見たら年齢不詳のような……。

「若い金髪の方だ」

「おおぅ……」

あのイケメンが女王陛下お気に入りのやり手侯爵なのか……。ん？　もしかして、イケメンだから女王様のお気に入りなのか!?

「良い香りでしょう？　サブレ伯爵が南方から仕入れた新しい飲み物です。よろしければ皆さんにもお分けするので、販売ルートを広げていただきたい」

と、イケメン侯爵が言う。

隣の中年貴族がサブレ伯爵か。彼がコーヒーを仕入れて、バルバストル侯爵がそれを皆に紹介しているらしい。

俺も給仕からコーヒーを受け取って飲んでみた。

……懐かしいから嬉《うれ》しいけど、淹《い》れ方《かた》はちょっと下手《へた》かな。

「私、このコーヒーを一口飲んで、これは当たると思って仕入れルートの契約をしてしまったのです。売り方を考える前に……」

と、コーヒーを配りながらサブレ伯爵が言う。彼はゲッソリしていて、追い詰められた様子だ。

「え？　売る当てもないのに、専用の船を押さえてしまったんですか!?」

近くにいた商人が呆《あき》れたように聞き返した。

「とても美味しかったので、貴族の知り合いに広めればすぐに大ヒットすると思ったんです。それで、伯爵家でガーデンパーティーを何度か開いたのですが、不評で……」

落ち込んだ様子のサブレ伯爵がうつむく。

「中にはコーヒーを一口飲んで『泥水だ』と酷評する方もいて、知り合いの貴族には相手にされなくなってしまいました」

泥水って……。ブラックコーヒーをいきなり飲ませたのかな。

それでもコーヒーの魅力を考えれば、好きになってくれる人はいそうなものだけど。

「今の時代、新しいものを貴族から流行《はや》らせるのは、案外難しいものです。表面上は高貴に装っていても、格式を保つのに必死で、内情は火の車という貴族家も多いですから」

と、バルバストル侯爵が落ち着いたよく通る声で指摘した。

たしかに、彼の言うことは当たっている。俺の元婚約者のリアーナの子爵家なんかは、まさに火の車の貴族家だった。

固定された貴族制社会に見えるこの世界だけど、身分の上下動は意外と激しく、どこにお金を持った人がいるのか、実際は見えにくい。

昔から、土地を支配するのは王族や貴族たち。でも、農業収入だけで金持ちと言える時代ではすでにない。今は土地からの収入より、交易や、何か事業を起こす方が稼げる。だから、一山当てて大金持ちになる人がいる一方で、没落していく者も多かった。

「大量の在庫を抱えて困り果て、バルバストル侯爵にご相談して、この会に参加させていただきました。どうか皆様のお力をお貸しいただきたいのです」

と、サブレ伯爵が頭を下げた。

「そうですなぁ。困ったときはお互い様ですし、少しはお助けできると良いのですが」

「……ウチはそもそも食品を扱っていないからなぁ」

「知り合いに紹介する分、少量なら持って帰りますよ」

周囲の実業家たちは、バルバストル侯爵の顔を立てて全否定はしないものの、甘い考えで商売はできない。大量のコーヒーをさばけるという人はいないようだった。

「ありがとうございます。お気遣いに感謝します……」

サブレ伯爵は愛想笑いを作って周囲の言葉に応えている。だが、なかなか解決の糸口が見えない状況に、彼の表情は沈んでいった。

そんな様子を遠目に見つつ、俺は少し考えた。

「…………」

実は、前世の俺は大のコーヒー党だった。

毎日三、四杯は飲んでいたと思う。それなのに、急に異世界に転生してコーヒーが飲めなくなって、辛《つら》かったんだ。

俺はコーヒーを飲み続けたい。

でも、このままではサブレ伯爵のコーヒー取引ルートが潰れてしまう。

「父さん、やってみたい新しい商売があるんです。サブレ伯爵のコーヒー、ウチの商会で少し買いませんか？」

「新しい商売？　そうだな。バルバストル侯爵にはお世話になったところだし、ここは助け合いということで買ってみるか」

父がコーヒーを買いたいと伝えると、売れ残りの心配をしていたサブレ伯爵は、喜んですぐに売ってくれた。

——これで、当分、こっちの世界でもコーヒーが飲める。

でも、古い豆で淹れたコーヒーを飲むのは嫌だから、ルートを維持してどんどん新しい商品を輸入してもらいたい。

そのために、王国で大規模にコーヒーが売れるようにしたいなぁ。


ラントペリー商会本店奥の自室で、サブレ伯爵に届けてもらったコーヒーを飲む。

テーブルに同席するのは、妹のフランセットと、たまたま店に来ていたレヴィントン公爵令嬢のシルヴィアだった。

彼女は俺と友だちになるという宣言を既成事実化するために、用もないのに俺の家に遊びにきていた。

「コーヒー？　新しい飲み物？　もちろんいただくわ」

ということで、公爵令嬢を交えたちょっとした試飲会をすることになった。

——でも、こんなことしていて、大丈夫なのかなぁ。

シルヴィアは本来、俺の手など届くはずのないお嬢様だ。

今も、シルヴィアの付き添いで来たレヴィントン家の侍女たちが、この部屋の壁に張り付いている。

しかし、彼女らは俺たちの会話を静かに見守っているだけで、何も言ってこなかった。俺がシルヴィアにタメ口をきいても、一向に構わない様子だ。

クレマンの問題の解決に協力したことで、レヴィントン家の人たちは俺を評価したらしい。それで、俺との非公式の会話は、シルヴィアの息抜きに必要だと判断されているようだった。

「それじゃあ、どうぞ――」

俺は、自ら淹れたコーヒーをシルヴィアに出した。一応、前世のコーヒー愛好家として、自分で飲んで十分美味しいと確認してから淹れたものだ。

シルヴィアは初めて飲むとは思えない上品な仕草でカップを口に近づけ、コーヒーを一口飲んだ。

「……美味しいわね。好きな香りよ」

彼女は試飲したコーヒーを、すぐに気に入った様子だった。しかし、

「にがい、いや～」

八歳のフランセットにコーヒーは早すぎたようだ。

「ミルクと砂糖を入れてみよう。これでどう？」

俺はミルクコーヒーを作ってフランセットに出す。

「これなら美味しい」

八割以上をミルクにして大量の砂糖を加えると、フランセットも気に入ってくれた。

「面白い飲み物を見つけてきたわね。店で売るつもりなの？」

シルヴィアに聞かれて、

「うん。できれば、このコーヒーを王都中に広めたいんだ」

と俺が答えると、彼女は少々難しそうな顔をした。

「……正直に言っていい？　私も、フランセットちゃんと同じ、ミルクコーヒーの方が好きかもしれない」

「そっか。やっぱりブラックコーヒーは飲みにくかった？」

「うん。なんて言うか、ちょっと濃すぎてお腹《なか》が痛くなりそうな感じがした」

「あー……」

俺はシルヴィアの前に並べられた皿を見る。

コーヒーと一緒に出したお菓子には手がつけられておらず、彼女は真っ先にブラックコーヒーを試飲していた。

空《す》きっ腹《ぱら》にコーヒーはダメだって言うもんなぁ。

サブレ伯爵は、すでに何度もお茶会を開いて、コーヒーのプレゼンに失敗したそうだ。コーヒーだけに注目させて、空きっ腹にいきなりブラックコーヒーを飲ませるようなことをすると、拒絶反応を起こす人が出るのも無理はない。

――コーヒーに合うお菓子と一緒に飲んでもらう方が、印象が良くなるだろうな。

前世の日本のカフェには、ケーキなどのスイーツメニューが充実しているところが多かった。中には、名古屋の喫茶店みたいに、朝にコーヒーを頼んだら勝手にパンやゆで卵がついてくる店まであったのだ。

——現代日本でなら賛否両論あるだろうけど、ここはセット売りを考えた方が、成功率が上がりそうだ。コーヒーを普及させるために、お菓子とコーヒーをセットで売るカフェを開くなんてどうかな。

だが、俺はコーヒーの横に置かれた簡素な焼き菓子を見て、顔をしかめた。

こっちの世界のお菓子は、砂糖と穀類の粉を練り固めた落雁《らくがん》のようなものや、ドライフルーツ、小麦粉とバターと砂糖を混ぜて焼いただけの微妙な味のクッキーといったものばかりだった。

——前世のお菓子を再現できればいいんだけど……。

生憎《あいにく》、日本でまともな料理を作ってこなかった俺には、お菓子作りなんてとてもできなかった。

——あ、でも、記憶の中のお菓子を絵に描くことならできるぞ。

お菓子の絵と味、使ってそうな材料を伝えて、プロの料理人にレシピを再現してもらうことならできるかもしれない。

「——ちょっと、アレン、戻ってきて。さっきから一人で顔が百面相してて、怖いよ」

いつの間にか考え事に夢中になっていた俺は、シルヴィアにそう指摘された。

「ご……ごめん。コーヒーの売り方を考えてた」

「そっか、頑張ってね。ところで、そろそろ日が暮れるし、私、今日はこの辺でお暇《いとま》しようかと思ってるんだけど」

「あ、そうだね。試飲に付き合ってくれてありがとう、シルヴィア。すごく参考になったよ」

「そう？　良かった。また何かあったら言ってね。できるだけ協力するから」

「ありがとう。――そうだ！　シルヴィア、近いうちにまたウチに来てくれない？　次はコーヒーに合うお菓子を、食べてみてもらいたいんだ」

普段から良い物を食べている公爵令嬢のシルヴィアなら、お菓子の試作品を審査するのに打って付けだよな。

「え？　うん。分かった。また来させてもらうわ」

「ありがとう、よろしくね。時間のあるときはいつでも、ウチに遊びに来て！」

「……うん」

シルヴィアは少し赤面して頷《うなず》いた。

その日の夜、俺は思い出せるかぎりの前世のお菓子をスケッチブックに描いた。

「意外と覚えているもんだなぁ」

チーズケーキやシュークリーム、シフォンケーキにフルーツタルトなど、コーヒーに合いそうなお菓子を次々と絵にしていく。

「フルーツ大福とかもいいかも♪」

描いていくうちに楽しくなってきて、十数枚のカラフルなお菓子の水彩画ができあがった。

「さて、次は説明か」

俺は〈メモ帳〉を開いて、お菓子の材料や味などの記憶を整理しようとした。

「……あれ？」

いつの間にか〈メモ帳〉には新しいページが追加されていた。開いてみると——。

《チーズケーキ
以下の比率で材料を揃《そろ》える。クリームチーズ五、バター一、砂糖二、生クリーム五、卵三……》

「え、レシピが出てる？」

どういうことだ？

お菓子の絵を描いたら、〈メモ帳〉にレシピが追加された。

——まさか、〈神眼〉の鑑定って、前世の物にも適用されるのか!?

人物画ばかり描いていたから気づかなかった。物も対象になるのか。

でも、今までも人物と一緒に雑貨や家具を描いてきたけど、それらに鑑定が発動したことはなかった。ということは……〈神眼〉の対象は、絵のメインとして描いたものってところかな。

「なんにしろ、ものすごい能力だ」

これがあれば、漫画でよくある知識チートとかもできるんじゃないか？

前世の科学文明をこっちで再現できたら、とんでもないことになる。

俺はいったんお菓子のことは置いておいて、〈神眼〉能力を検証することにした。

前世にあった便利な物のイラストを、スケッチブックに描いていく。

だが——。

《スマートフォン
電話がかけられる。色々なアプリが使える》
《パソコン
個人用の小型のコンピュータ》
《自動車
四つの車輪を持ち、エンジンの力でレールなしで走る車》

……だめだこりゃ。ハイテクすぎるものは無理なのか。

思い返してみると、今まで〈メモ帳〉に出てきた鑑定結果も、かなり雑な説明が多かった。料理のレシピくらいが、鑑定で手に入る情報の詳しさの限度なのかもしれない。

おそらく、自動車なども部品ごとに分けて描いて一つずつ情報を手に入れていけば、いずれ全容が分かるのだろう。だが、そもそも俺に自動車の全部の部品を正確に絵にできるほどの知識はない。

簡単なものなら鑑定できるけど、技術チートには限界があると考えておいた方がいいだろうな。

手軽にチートってわけにはいかないか。

でも、探せば俺にも再現できるものはありそうだ。ぼちぼち考えていこう。

ひとまず、レシピが手に入ると分かったお菓子やご飯などは、どんどん再現するようにしていくことにした。

翌日。

家で雇っている料理人のダニエルのところに、俺はレシピと絵を持っていった。

ダニエルは三十代前半の赤毛の男で、毎日の食事からお客様に出すお菓子まで、何でも作れる腕の良い料理人だ。

「これはすごい。どうやってこのようなレシピを入手されたのですか？」

ベテラン料理人のダニエルはレシピを見ただけである程度、味が想像できたみたいで、とても驚いていた。

「外国の古い本をもとにメモを取ったんだ。このイラストに似た形になるように、できるだけ再現してほしい」

「分かりました。やってみます」

完成品の絵を見せながら頼むと、ダニエルは一品ずつおやつの時間に作って出してくれるようになった。


ラントペリー商会の応接間。

俺はダニエルが作った新作のお菓子を、シルヴィアとフランセットに試食してもらっていた。

「ふわぁ。お兄ちゃん、このシフォンケーキってすごく美味しいね。ふわふわ、ふわふわだよぉ」

フランセットはむしゃむしゃとケーキを頬張《ほおば》る。

「ほんとにね。これだけ美味しいお菓子を作れる料理人がいるのなら、ガーデンパーティーでも主催したら？　人気者になれるわよ」

シルヴィアも大絶賛だった。

俺がお願いしたこともあって、シルヴィアは暇さえあれば俺の家に遊びに来るようになった。仲の良い小学生が友だちの家に入り浸るレベルだぞ、これ。

ダニエルに再現してもらったお菓子が、次々と女子たちの腹の中に消えていく。

良い食べっぷりだ。

材料の質が良いのかダニエルの腕が良いのか、お菓子は前世で食べてたものに引けを取らない出来だった。

――うん。これなら、コーヒーとセットで店に出しても商売になるだろう。

俺はお菓子とコーヒーを味わいながら手ごたえを感じていた。

そんなふうにおやつの時間を楽しんでいると、母が部屋に入ってきた。

「フランセット、そろそろ勉強の時間よ」

「えぇー。私、今日はお兄ちゃんたちとここにいる！」

「ダメよ。約束したでしょ」

「うぅ、また計算やるの？　嫌だよぅ」

「商家の娘が計算もできないんじゃ、話にならないわよ。さっさと行きなさい」

母は妹をエイミーに任せて連れていかせた。それから——。

「すみません、シルヴィア様。少々息子をお借りします」

と断って、俺を部屋の隅まで引っ張っていった。

「アレン、フランセットにお菓子をあげすぎよ。最近フランセットのお腹がポッコリしてきてるの、知らないの？」

と、母は小声で俺を叱った。

「ごめんなさい、母さん。コーヒーを使った新しい事業を考えていて、そのための準備だったたんです」

「そうなの？　でも、妹に味見させるのもほどほどにしなさい。これ以上フランセットを太らせるわけにいかないから、あの子のおやつはしばらく煎り豆ね」

「はい」

フランセットはしばらく煎り豆生活か。かわいそうに。

「あなたの口から、お菓子を食べすぎだから明日からおやつは煎り豆って、フランセットに伝えるのよ」

「へ!?」

「あなたが元凶なんだから、当然でしょう。男親も兄も幼い娘を甘やかすばかりで叱れないんじゃダメなのよ。ちゃんと言いなさいね」

そ……そんなぁ、母さんっ！

「じゃあね、しっかり言うのよ」

と言って、母は部屋を出ていった。


「……うっすら聞こえていたけど、大変そうね」

と、シルヴィアに声をかけられる。

「あはは……。しばらく妹のご機嫌取りになりそうだよ」

そう苦笑いで答えて、俺はふと、

――そういえば、同じくらいお菓子を食べているシルヴィアは大丈夫なのだろうか？

と思ってしまった。

そのまま俺の視線はシルヴィアのお腹……の上の大きな胸に向けられた。

「ちょっと、どこ見てるのよっ！」

シルヴィアに勘付かれて怒られる。

「ご……ごめん、無意識に、つい……。いやでも、シルヴィアは大丈夫だったの？　俺、甘い物出しすぎてなかった？」

体型を気にする年頃の女の子の前に甘い物を出しまくるって、俺、知らずに悪いことをしていたんじゃないだろうか。

「大丈夫よ、私は動いているから。それに、ここで甘い物でも食べてストレス解消しないと、やってられないのよ」

と、シルヴィアは答えた。

「ストレス？　まだ何か問題があるの？」

以前の夜会での婚約破棄騒動の後、クレマンは逮捕され、リアーナは社交界に出られずに引きこもっている。シルヴィアを煩わせていた者はいなくなったと思っていたけど。

「クレマンに代わるレヴィントン公爵家の後継者探しが難航しているのよ」

「ああ、それは……」

そうか。後継者がいないまま病弱な現当主が亡くなってしまうと、レヴィントン公爵家は断絶するんだったな。シルヴィアは大至急次の跡取り候補を見つけ出さないといけなかったんだ。

「三代前に分岐した系図をたどって、一人候補を見つけたの。でも、実際に会って血統鑑定魔法を使ってみたら、血が繋《つな》がってなかったのよ」

「あらら」

「……男って、どんだけ女に騙《だま》されてるんだって思ってしまったわ」

「あー……」

それは、聞きたくない話だったなぁ。

「それとも、ウチの家系が騙されやすいのかしら。私もクレマンに振り回されていたし。不安になってくるわ」

シルヴィアは深いため息をついた。

「シルヴィア……」

うーん、何か協力してあげられたらいいけど、俺にできることが思いつかない。

「平民商人の俺には何もできないけど、ストレス解消のお菓子くらいはこれからも用意するね」

俺にできるのは、お菓子を出してシルヴィアの愚痴を聞いてあげることくらいか。

「ありがとう。太らされない程度にご厚意に甘えるわ。あなたも、フランセットちゃんのご機嫌取り、頑張ってね」

そうだったっ！

「……こっちはこっちで、大変そうだなぁ」

その後の数日間、煎り豆を前にギャン泣きする妹をなだめるのに、俺は大変な苦労をするのだった。

さて、最近はコーヒーとお菓子のことばかり考えていたけど、以前からデュロン劇場で販売していた版画の制作にも進展があった。
多色刷りの木版画が完成したのである。
俺は、出来立てのサンプルをデュロン夫人のところへ持っていった。

「こちらを、確認お願いします」

俺がデュロン夫人に見せた木版画は、十枚の色板を使って、役者の衣装の模様まで繊細に表現したものだった。

木版画では、一色ごとに色板を分けて、それを同じ紙に順に重ねて刷ることで複数の色を印刷する。一枚の絵のために色板を何枚も彫るので、すごく手間がかかった。でも、木版画は日本で昭和初期まで美術作品の印刷に使われていたほど、緻密な表現が可能なのだ。

「まあ、これは見事ね！　色の濁りもなく鮮やかで、役者の立ち姿がくっきりとしているわ」

「ありがとうございます。これまで白黒の銅版画の役者絵を販売しておりましたが、今後はカラーの作品も増やしていきたいと思います」

「素敵ね。ますますコレクターが増えるんじゃないかしら」

デュロン夫人は嬉しそうに木版画のサンプルを眺めていた。

「それと、こんなものも作ってみました……」

と言って俺が取り出したのは、綿生地に木版画で絵を刷り込んだ〝はっぴ〟だった。前世のオタクがアイドルのコンサートで着ていた感じのやつである。――いや、本当はコンサートグッズによくあるTシャツを作りたかったんだけど、こっちの世界でいきなりTシャツを見せると、下着だと思われちゃうんだよ。

はっぴは、襟のところに好きな役者の名前を刺繍《ししゅう》できるようになっていて、背中には、デュロン劇場で次に上演される劇のイメージ絵を俺がデザインして印刷していた。

「まあ、これは『星と乙女《おとめ》』の絵かしら。それを服に印刷したの？　こんなの、初めて見たわ！」

はっぴを手にしたデュロン夫人はとても驚いていた。

「いかがでしょう。こういう商品も販売していくというのは……」

「大賛成！　私、今日から家でこれを着るわ！」

お洒落《しゃれ》デュロン夫人の普段着がはっぴになってしまった！

デュロン夫人は上機嫌にサンプルのはっぴをその場で羽織った。

「ありがとう。売り物が増えて劇場の収益が増えるのも嬉しいけど、私自身、自分の劇場に関係する品物が手に入るのも嬉しいわね」

「良かったです。今後も色んな商品を開発していきますね」

他にも、タオルとかコースターとか団扇《うちわ》とか、作ってみようかな。

でも、その前に——。

「実は、今日はデュロン夫人に、もう一つお話があるんです」

と言って、俺はデュロン夫人に、今日訪問したもう一つの目的を話し始めた。


コーヒーに合うメニューを準備しつつ、俺はカフェを開くための土地を探していた。

コーヒーの普及を成功させるには、カフェの立地も重要なのだ。

こっちでのコーヒーは珍しい輸入品で、食品としては値段が高い。こういうものは世間に普及するまで割高になるから、最初は懐に余裕のある人から広める必要があった。

普通に考えれば貴族街に店を出すべきだけど、それじゃあ一部の貴族しかターゲットにならない。多くの貴族の家計は、格式の維持と見栄《みえ》の張りすぎで火の車になっている。貴族だけに期待していては、大量のコーヒーを売りさばけないだろう。

もの珍しいコーヒーを買ってくれるのは、お金持ちというより、自由に自分の趣味や興味にお金を使える人なのかもしれない。

デュロン劇場のチケット代金には、かなりの幅があった。一番安い立ち見席は、庶民の一日の食事代と同じくらい。一番高いボックス席は、一年分の食費より値が張る。

このチケットを求めて、あらゆる階層の中から演劇好きが集まって、劇場の全ての席が埋まるのである。

デュロン劇場の近くに店を出せば、コーヒーを熱心に推してくれる人に効率的に出会えると予想した。

「――というわけで、客層を問わず人通りの多いデュロン劇場の近くで、新しいカフェを開きたいと思っているんです。ご許可をいただけないでしょうか？」

俺がそうお願いすると、デュロン夫人は、

「もちろんいいわよ。一緒に劇場周辺を盛り上げていきましょう」

と言ってくれた。

「ありがとうございます」

「いいのよ。アレン君は私の大事なビジネスパートナーなんだから、他にも協力できることがあったら言ってね」

「はい。助かります」

デュロン夫人に許可をもらった俺は、見つけた物件を改装して、カフェ開店の準備を進めた。


もろもろの準備を整えて、俺はデュロン劇場の向かいのビルに、コーヒーを広めるためのカフェをオープンした。

店のメニューは、コーヒーや砂糖の価格が前世より高いため、日本のカフェよりだいぶ高額になった。

その代わり、何か一つ注文すれば、丸一日居座ってもオーケーということにした。

こちらは東京のような地価高騰は見られないので、広いスペースに長居する人を抱えることができた。

居心地のよいソファーと、演劇関係の本が充実した本棚。いたるところに貼られたカラー刷りの役者絵——デュロン劇場で販売しているやつだ。そして、俺が定期的に描き下ろす大判のイラストも飾った。

——デュロン劇場のファンって、前世で見てきたオタクに通じるところがあるんだよね。

グッズのウケも良いし、コレクターになる人も多い。観劇の後は、大盛り上がりで感想を言い合っている人たちもいた。

ただ、こちらのオタクには、前世と比べてものすごく不利な点があった。

——ネットがないのだ！

前世ではＳＮＳを活用して、世界中の同じ趣味の人と繋がることができたし、遠距離でも自分と感性の合う人を見つけることができた。

でも、こっちでは直接会わないと喋《しゃべ》れない。人間関係は身分や職業をもとに形成されるから、同じ趣味というだけで集まることも難しかった。

だから、観劇が好き、それ以外の条件は不問として集まれる場所を作ったら、ウケると思ったのだ。

……まあ、お値段の張るコーヒーで、多少客の選別はさせてもらうけどね。

他にも、注目してもらうために、劇場の関係者に来てもらうイベントも開催した。

「本日のイベントは、劇場の銅版画を描かれているアレン・ラントペリー氏のサイン会です。一列にお並びください」

カフェのスタッフが整理する中、長蛇の列ができていた。

店の広いホールで、お客さんが購入した木版画や銅版画に俺のサインを入れていく。——まさか、異世界で自分のサイン会をすることになるとはなぁ。

色々工夫して客引きしていくうちに、カフェは大盛況となった。

「二号店、三号店も出さないと、人が入りきりません」

カフェのマネージャーからは、嬉しい悲鳴とともにそう報告された。

「そうだね。同じ観劇ファンでも派閥があることが分かってきたし、いくつかに分けた方が、お客さんにとっても居心地がよくなるかもね」

とはいえ、全部俺の店にして、儲《もう》けすぎてもデュロン夫人に悪い。

彼女にカフェ経営のノウハウを渡して、二号店はデュロン夫人に経営してもらった。

それから、似たようなカフェを別の趣味で集まる人のためにも作りたいという申し出があったから、経営の仕方を知りたい人にはどんどん伝えていった。

そうすることで、俺の狙い通り、王都中にコーヒーを扱う店が増えていった。

バルバストル侯爵邸。
商人たちが自由に歓談する広間には、コーヒーの香りが漂っていた。
「おぉ、アレン君。お蔭《かげ》さまでウチのカフェも繁盛してるよ。また新しいレシピがあったら教えてくれ」
「アレンさん、今度、文学愛好家向けのカフェを開こうと思っているんですけど、アドバイスをいただけませんか？」

部屋に入ると、商人たちが俺に群がってきた。……異世界トリップしたのに美少女ハーレムの兆《きざ》しがないまま、おじさんたちにモテモテになってるよ。

彼らが俺に注目しているのは、俺がカフェのノウハウを皆に無償で公開したからだった。

「アレン君、ありがとう。君がコーヒーを広めてくれたおかげで、伯爵家の借金を返せた。君は我が家にとって大恩人だよ」

コーヒー輸入元のサブレ伯爵にも礼を言われた。

「いえいえ。コーヒーは素晴らしい飲み物ですから、ぜひ広めたくて。皆が飲んでくれたら、新しい豆をどんどん仕入れられますもんね」

俺がそう答えると、俺たちの間にバルバストル侯爵がひょいと顔を出した。

「もしかして、アレン君がカフェを広めた動機は、新鮮なコーヒー豆を手に入れるルートを作ることだったのかい？」

と、侯爵に問われる。

「はい。たくさん売れるようになると、価格も下がりますし、常に新しいものが来れば、いつでも美味しいコーヒーが飲めますからね」

俺が答えると、バルバストル侯爵はわざとらしく意地悪な顔を作って、

「でも、それって、商人としてはどうなのかなぁ？　希少なお菓子のレシピを秘密にして、カフェのノウハウを独占し、君が直接たくさんの店を経営すれば、ラントペリー商会の規模をもっと拡大

できただろうに」

と言った。意図的に嫌なことを言って——バルバストル侯爵は俺を試しているなと思った。

「結果だけ見ればそうかもしれません。でも、成功するまでは、うまくいくか分からない投資だったんです」

「ふむ。続けて」

「ラントペリー商会は、この王都に出店してやっと十年過ぎた程度の新参者です。今回出したカフェはデュロン伯爵夫人とのご縁もあって成功しましたが、我々が単独で、馴染《なじ》みのない区画に、見たこともない怪しげな黒い液体を飲ませる店を出したら、どんな悪評が流れたか分かりません」

前世であれば、珍しい輸入品の食べ物だろうと、テレビで流せば一発で広めることができただろう。皆が顔を知っている芸能人に食べさせて「うまい」と言わせれば、抵抗なく視聴者もそれを食べるようになる。でも、そのやり方はここでは使えない。

「ひとまず馴染みのある場所でカフェが儲かることを示したら、それを他の実業家の方々に伝えることで、それぞれが繋がりを持っている人にコーヒーを広めてもらう。皆が自分のカフェを成功させるために本気で広報してくれれば、コーヒーは本来俺には届けられなかった相手にも普及していくと思ったんです」

これが、今後俺が一生この世界でコーヒーを飲み続けるために考えた策だった。

美味しいコーヒーを飲むために、俺は新鮮な豆を手に入れる。

商人たちが「カフェは儲かる」と思ってコーヒー豆を大量に仕入れるようになれば、それだけ頻繁に新鮮なコーヒー豆が市場に入ってくることになる。そうなることで、俺が飲むためのコーヒーも常に手に入るのだ。

俺がそう答えると、バルバストル侯爵は急に笑い出した。

「ふ……あはははは。ただのお人好《ひとよ》しかと思ったら、なかなかどうして、君は面白いね。欲の皮が張ってない分、商人としてかえって手強《てごわ》いのかもしれない。これだけ社会を動かす商売を、自分がコーヒーを飲みたいという理由だけで生み出すとは、末恐ろしいな」

バルバストル侯爵はひとしきり笑うと、俺をロックオンしたかのようにジッと見つめた。

「アレン・ラントペリー君……覚えたよ。もし、何か困ったことがあればいつでも相談してくれ。君になら、助力は惜しまない」

ニコッとほほ笑みかけるバルバストル侯爵のイケメンスマイルに、俺は一瞬ぞわっとした。……厄介な人に目を付けられたかもしれない。

「また今度、ラントペリー商会の店に買い物に行くよ」

「ありがとうございます！」

侯爵のその言葉に、一緒に来ていた父がとても喜んだ。

まあ、これで少しでも親孝行できたのなら、いいのかなぁ。

2 小さな絵

バルバストル侯爵は約束通り、数日後にはラントペリー商会の店を訪れた。

「女性へのプレゼントになる宝石やアクセサリーを見たい」

見た目通りのプレイボーイらしい侯爵は、ウチの店で女性用のアクセサリーを求めた。

「かしこまりました。ラントペリー商会は東の国が発祥ですので、ロア王国では珍しい品が揃《そろ》っていますよ」

父が接客して、ウチにある商品の中から特に高価な宝石やペンダントなどを侯爵に見せていった。

「ふむ……ふむ……」

バルバストル侯爵は父の説明を聞いて頷《うなず》いているけれど、あまりウチの商品に惹《ひ》かれている感じではなかった。

「お気に召す品はございませんか？」

「いや、品質は素晴らしいと思うのだが……」

バルバストル侯爵が言《い》い淀《よど》む。

――好みに合わないんだろうな。

これはバルバストル侯爵が悪いのではなく、実はウチの商品に問題があった。

ラントペリー商会はもともと東の国に本店があって、最近ロア王国に進出してきた。そのため、商品は東の国から仕入れたものが多い。

本店は東の国で一番の商会だと言われているから、品質の良い物が仕入れられてはいるのだけど、どれも東の国の人の好みの品物なのだ。そのため、品質は良くても、この国の人の趣味から微妙にズレているのである。

「開閉できる大きなチャームのついたペンダントがたくさんあるね。これはなぜこういうデザインなんだい？」

バルバストル侯爵が指したのは、一見すると懐中時計にも見える、開閉できる蓋のついたペンダントだった。日本でロケットペンダントと呼ばれていたものに近い、中に物を入れられる首飾りだ。

「このペンダントは、このように開いて、中に恋人や配偶者の髪の毛を入れるものです」

「えっ……？」

父の説明に、バルバストル侯爵がちょっと引いたような顔になった。

好きな人の髪の毛を持ち歩くって、文化としてありそうと言えばありそうだけど、馴染《なじ》みのない人間からすると少し怖いよな。

「東の国では定番の贈り物なのです。こちらでも恋人たちに広まらないかと思っているのですが」

「あ……いや、うーん……」

――困惑させてすみません、侯爵。

俺は心の中でバルバストル侯爵に謝った。

ウチの商会、東の本店のお蔭《かげ》で資金力はあるんだけど、こういう売れない物の仕入れも多いんだよなぁ。

特にこのロケットペンダントは仕入れた数が多いのだけど、髪の毛を入れる用途では売れそうになかった。

例えば、薬入れにするとか、お守りの護符を入れるとか、別の用途で売り出せないかな。……たしか、ロケットペンダントって、地球では恋人の写真とかを入れていたような……。

写真――あ、そうか！

「父さん、髪の毛はちょっと怖いですよ。それよりも、このペンダントに入る小さな肖像画を描いて入れるなんてどうでしょう？」

俺は二人の会話に割って入った。

「肖像画？　そういえば、アレン君は画家なんだったね」

そうバルバストル侯爵が言うのに頷いて、

「はい。侯爵の絵の入ったペンダントなら、欲しがる女性も多いのではないかと思います」

と、俺が答えると、侯爵はなるほどと膝を打った。

「それが良いな。素晴らしい贈り物になるぞ！」

彼はそう言って、ウチのペンダントの中から一番高価な物をお買い上げくださった。

「ありがとうございます。それでは、肖像画ができたら中に入れてお持ちします」

「ああ、楽しみにしているよ」

気さくに手を振ってくれる侯爵を店員総出で見送ると、俺はすぐにペンダントに入れる小さな肖像画の制作に取りかかった。

「うぅ……画面が小さすぎる。〈弘法筆《こうぼう》を選ばず〉スキルがなかったら、絶対描くの無理だっただろうな」

チートスキルを駆使して、俺は何とか侯爵の肖像画をペンダントに込めた。

《ウォルター・バルバストル　二十八歳　侯爵
ロア王国女王の懐刀。面倒見の良い優秀な貴族。
ラントペリー商会から購入したロケットペンダントは、女王に献上される予定》

「へっ……!?」

俺の絵、この国の最高権力者のところへ行くのか。

……まあ、ウチの店は高級商品を扱っているし、そういうこともあるのかぁ。

完成したペンダントを届けると、侯爵は大いに気に入って、さらに同じものを五つ注文してくれた。女性に配る気だろうか。プレイボーイめ。

バルバストル侯爵がペンダントを広めてくれたお蔭で、ラントペリー商会には肖像画入りペンダントの注文が大量に舞い込むようになった。

片思いの相手や愛する恋人の似姿を持ち歩きたいという願望は思いの外、多くの人が持っていたみたいだ。俺だけでは肖像画を描ききれなくなり、専門の画家まで雇って、たくさんのペンダントを販売した。

こうして、ロア王国ラントペリー商会は、ドレスに続く第二の看板商品を得たのだった。

3 商会跡取りのお仕事

ある日、俺は父の仕事部屋に呼び出された。

「アレン、最近のお前の活躍は目覚ましいな。デュロン劇場との契約に始まり、レヴィントン公爵令嬢へのドレスの販売。カフェを開けばコーヒーが王都中で流行した。東の本家に買わされて売れ残っていたペンダントも、今ではラントペリー商会の人気商品だ。アレンは私が人生で出会った商人の中で最も商才に恵まれた人間だと、親馬鹿ではなく思っている」

と、父は俺をベタ褒めしてきた。

「褒めすぎですよ、父さん」

俺は恥ずかしくなってポリポリと頭を掻《か》いた。

「いや、事実だ。――しかしだな、同時に私は不安なんだ」

と、父は鋭い目つきでジッと俺を見た。

「不安？　私、何かやらかしましたか？」

「そうではない。ただ、どんなに優秀な息子を持っても、親の不安は尽きないということだ」

「はあ……」

「お前のように発想に富んだ商人は、店を大きくすることもあれば、派手な失敗をして潰すこともある」

「うっ……それは、そうかもしれませんね」

父に痛いところを突かれてしまった。

転生直後が危機的な状況だったし、そこから挽回《ばんかい》するために、俺は思い切り動きまくっていた。

――なんてったってチートもらって転生だもんなぁ。俺、浮かれてたかも。

「堅実に商売をしていくために、ラントペリー家には大切にしている家訓がある。『当主となる者は、必ず自ら帳簿を確認せよ』、というな」

父はそう言って、部屋の鍵付き棚から店の売り上げや領収書を入れた箱を取り出した。

彼はそれを、部屋の左手に新しく設置された机の上に持っていった。

「お前の机だ。そろそろお前にも、ウチの重要な帳簿を触らせようかと思って用意した」

「重要な帳簿……」

「ああ。アレンに商品を売る才能があることは分かった。次は、帳簿をしっかりと読み込む根気を見せてくれ」

「分かりました」

「しばらくこの部屋の机で帳簿の確認をして、間違いを見つけたら私に報告しなさい。経営者本人が必ず資金の流れを把握していること。それが、ラントペリー商会を継ぐ者の条件だ」

「はい」

父の言っていることはもっともだ。

トップが把握していないと、損失の隠蔽や横領などが起こりそうだもんな。

俺はしばらく前世の事務職のように、ひたすら帳簿と向き合うことになった。

父は若い俺がデスクワークを嫌がると思っていたようだ。

でも、前世で日本人として育った俺は、子どもの頃から学校で長時間の授業に耐えてきたし、大人になってからの仕事でも大量の書類と格闘してきた。

全然大丈夫——と、思っていたんだけど……。

「やばい。スマホもパソコンも電卓もない。前世なら秒で終わる作業にめっちゃ時間がかかる」

昔の書類仕事を舐《な》めていた。補助してくれる道具が全然ない。ペンですらいちいちインクを吸わせなきゃ書けないんだぞ。

膨大な数の計算も、全部自分でやる。筆算なんてやるの、いつぶりだろう。せめて〝そろばん〟でもあればな……。

実は俺はそろばんが使えた。前世の祖母がそろばん教室を開いていて、小学校一年生から習わされていたのだ。

——電卓は無理でも、そろばんならこっちでも再現できるかも。

俺は休憩時間に木工職人を訪ねて、そろばんに似たものを作ってもらうことにした。

一週間後。

「父さん、ここと ここの計算、間違っていますよ」

「お前、もうそんなに確認したのか？　本当に？　もっと時間がかかるはずなんだが……」

無事にそろばんもどきを手に入れた俺は、すいすいと計算をこなすことができた。

「早すぎないか？　こんなことは言いたくないが、雑に読み飛ばしてないだろうな？」

あまりに早く確認したので、父に疑われてしまった。

「——実は計算用の道具を作ったんです」

俺は父にそろばんを見せて使い方を説明し、いくつか桁の多い計算をその場で解いてみせた。

「なんてことだ！　これがあれば、商人の仕事に革命が起きるぞ！」

と、父は興奮して言った。

「そうですね。この道具の名前はそろばんと言うのですけど、ウチの従業員にもそろばんが使えるようにしたら、計算の効率が上がると思いますよ」

「ああ、それもそうだが、外にも売り出そう！　これは商人なら皆欲しがるぞ。一つ金貨十枚くらいで売れるだろう」

金貨十枚て。金貨一枚が十万円くらいだから、そろばん一つ百万円で売る気か!?

——父さん、堅実に商売しろと言ったあなたが、詐欺で店を潰しそうですっ！

「画期的な計算機だ。従来の十倍の速さで計算ができる。ふふふ……大々的に売り出すぞ」

父は取らぬ狸《たぬき》の皮算用を始めて、ニヤニヤとほくそ笑んだ。

「待ってください、父さん。そろばんは道具だけ持っていてもそんなに速く計算できるわけじゃないんです。時間をかけて使い方を訓練する必要があるんですよ」

「そうなのか？　なら、お前は何でそんな速く計算できるんだ？」

「わ……私は、以前から興味があってちょっとずつ練習していたんです」

「アレン、私の見ていないところで、そんな努力を……」

息子の努力を聞いて、父は瞳に涙をにじませた。

ううっ、罪悪感が……。こっちで前世とか言うと頭がおかしくなったと思われるから、親孝行のためにも言うわけにいかないのが辛《つら》いな。

「と……とにかく、売るならそろばん自体は安くして、そろばんの使い方を教える教室で授業料を取る方が妥当でしょうね」

「なるほどな。それでは、授業料を月ごとに金貨一枚として教室を開くか」

げ……月謝十万のそろばん教室っ!?

「……まあ、月謝は実際にやってみてのコスト次第ということで。ひとまずうちの従業員を相手に教室を開いて、それから少しずつ外の人も交ぜたらいいと思います」

「そうだな。よし、すぐに準備に取りかかるぞ」

長年帳簿の計算に苦しめられてきたのか、父はすぐに教室開設の準備を整えた。そしてそのまま、彼は俺のそろばん授業を従業員たちと一緒に受講してしまった。

教室は徐々に外部からも生徒を迎えるようになり、それに伴って、商人界隈《かいわい》で俺の知名度も上がっていくのだった。

4 レヴィントン公爵家の継承問題

「最近忙しいみたいね。夜会でマダムたちがアレンに会えないと嘆いていたわよ」

久しぶりにシルヴィアがウチの店を訪れた。

入り口まで彼女を迎えに行く。

「すみません。ここ最近は家業に専念していました」

肖像画入りペンダントの注文もあったし、父の仕事を手伝って帳簿の確認もしていた。

ありがたいことに（？）父は俺を出来の良い息子だと思っているみたいで、店の重要な帳簿もバンバン見せられていた。

「そうなの？　商人って貴族と違って働き者が多いわよね。無理しないでね」

心配そうにシルヴィアが言う。

彼女を客室に案内して、扉を閉めた。

「ありがとう、シルヴィア」

部屋に入ったので敬語をやめて礼を言うと、シルヴィアの頬《ほお》が少し赤くなった。

もう何度も会っているけど、彼女のこういう反応はいつまで経《た》っても初々しい。

シルヴィアと向き合ってソファーに座ると、メイドのエイミーがお菓子とコーヒーを持ってきてくれた。

「今日はあなたにお願いがあって来たの」

コーヒーを一口飲むと、シルヴィアが話し始めた。

「三日後に私の家に来てほしいの」

「シルヴィアの家？　後継者問題かな」

「うん」

「跡取りになりそうな人、まだ見つかってないんだっけ？」

「えぇ。血統鑑定でダメになる人が予想外に多くて」

そう言って、シルヴィアはため息をついた。

「血統鑑定魔法って高価な触媒を使うから、名家の跡取り以外は滅多《めった》に鑑定しないもんね」

レヴィントン家でも嫡流以外は鑑定していなかったんだろうな。

「やっとのことで、四代前からの男系で続いている人を鑑定で確認できたの。でも、その人は外国に移住していて。すでにそちらでの生活を安定させているから、『今から不慣れな土地に行って貴族家など継げない』と断られてしまったわ」

「ありゃ、そっか」

難しいな。断られるパターンもあるのか。

シルヴィアは不安げな面持ちで、膝の上の自分の手をギュッと握った。

「それでね、女王陛下から、レヴィントン家の今後について話し合いたいと連絡が来たの」

「そう……もしかして、三日後に来いっていうのは、その話し合いに顔を出せってこと？」

「うん。あぁ、心配しないで。女王陛下が直接来るってことじゃなくて、事前に陛下の側近の方とお話ししておくのよ」

「なるほど。ものすごく大事な話し合いじゃないか。部外者の俺なんか呼んでいいの？」

シルヴィアの力にはなってあげたいけど、俺、場違いじゃないかな。

「あなたがいてくれたら、私は心強いわ。あなたって、なんだかんだ知恵者だし」

「知恵者？」

「色々聞いてるわよ。デュロン夫人を新しいビジネスで助けたでしょ。コーヒーを普及させるところは私も近くで見ていたし。実家の商会でも新商品をヒットさせたそうね。これほどの天才はそういないと思うわよ」

「えぇっと、それは……」

新しい発想というか、前世で得たアイデアを流用しているだけなのだけど。ううっ、そう考えると罪悪感が……。

「だから、あなたが力を貸してくれると、すごく心強いの」

そう語るシルヴィアの瞳が、キラキラと輝いて俺を映す。

――ものすごいプレッシャーだな。

あー、でも、ここまで期待されて協力しないのも悪いよなぁ。レヴィントン家がどうなるか、俺も気になるし。

「……分かった。話だけは聞かせてもらうよ」

「本当？　嬉《うれ》しい、ありがとう！」

何はともあれ事情を聞いて協力できる範囲で協力しよう。

うまい解決策が見つかるといいんだけどなぁ。


三日後。

俺は約束通りシルヴィアの家、レヴィントン公爵家の王都屋敷を訪れた。

玄関先で、レヴィントン家の使用人たちと一緒にシルヴィアの後ろに立って、王宮からの使者を迎えた。

「おや、君もここに居るんだね。シルヴィア嬢の知り合いだったのか」

「バルバストル侯爵……」

女王陛下の代理としてレヴィントン家に来たのは、バルバストル侯爵だった。そういえば、彼は女王の側近なのだったな。

イケメン侯爵は、流行のスーツを普段着みたいにさらっと着こなしていた。その横には、うら若い美少女まで連れている。

その女の子は、十八歳の俺よりもさらに年下に見えた。色素が薄くて、白髪に近い金髪に、お姫様のようなティアラを着け、クリーム色の生地に赤と緑の刺繍糸《ししゅういと》で細かく装飾されたドレスを着て

いる。

可愛《かわい》いしお似合いだけど……真面目《まじめ》な話し合いに連れてくるにしては、若すぎないか？

「ぇぇっ……!?」

少女を見て、シルヴィアが目を丸くした。

「女王陛下、どうしてこちらに……？」

「散歩に出たら、〝たまたま〟バルバストル侯と会ってな。その流れで一緒に来たのじゃ」

と、彼女——女王陛下は小鳥がさえずるような可愛らしい声で答えた。

いきなり現れた国の最高権力者に、彼らの後ろに控えていた俺は無言のまま仰天して口をポカンと開けた。

今日は女王陛下に会う前の、事前の非公式の話し合いだと聞いていたのに……偶然、成り行きでレヴィントン家を訪問したというていで、密《ひそ》かに女王も話し合いに参加するってことなのかな。

まさかこんなところで、この国のトップの顔を拝むことになるとは。

ロア王国の女王は昨年代替わりしたばかりの、十六歳のうら若い少女だった。

十六歳といえば、日本だと高校一年生か二年生だ。女子高生女王様……うわぁ。

女王陛下は骨格から細い感じの華奢《きゃしゃ》な身体《からだ》つきで、ゴージャス美女のシルヴィアとはまた違った、妖精のような美しさを持っていた。……権力者と言うには可愛らしすぎる人だ。

「かしこまりました。ようこそいらっしゃいました、陛下。奥へどうぞ」

「うむ」

シルヴィアは女王陛下一行を客間へと案内した。

使者が来ることが分かっていたからか、レヴィントン公爵邸の一番豪華な客間は塵《ちり》一つなく準備が整えられていた。

シルヴィアと女王陛下、バルバストル侯爵が中央のソファーに座り、周囲を王家とレヴィントン家の家臣が取り囲む。その末席で俺も話を聞くことになった。

しばらく世間話をした後に、女王陛下は本題に入った。

「レヴィントン公爵家の後継者探し、なかなかうまくいかぬようじゃな」

「はい。陛下に頂いた偉大な爵位を継ぐ者を見つけられず、不甲斐《ふがい》ないことで申し訳ございません」

謝罪するシルヴィアは肩を落としていた。

「後継者のない家は断絶し、その財産は王家に戻る。王権を強化するために、多くの家を取り潰した国王もいたわけだが……」

「はい」

シルヴィアの緊張が高まった。

「余は即位前、先代女王——仲の悪かった余の姉に、北の塔に幽閉されていた時期がある。そのとき助けになってくれたのが、そなたの父、レヴィントン公爵だった。当時の恩を返さぬまま、レヴィントン家を断絶させるのは、余としても後味が悪い」

そう語る女王陛下はシルヴィアに同情的だった。

彼女は続けて、

「男の後継者がいなくとも、シルヴィア、そなたを女公爵としてしまえば問題が解決することを、余は知っている」

と、ハッキリと言った。

おお、希望が見えてきたな。

「陛下……！」

シルヴィアもうつむく顔を上げて女王陛下に期待の眼差《まなざ》しを向けた。

しかし――。

「だがな、余は王と言っても若輩者。余が伝統を破って女公爵を認めると言えば、ここぞとばかりに反発する貴族が出てくるであろう」

と、女王陛下は申し訳なさそうに言った。

「ゆえにな、シルヴィア、そなたには女公爵となるに相応《ふさわ》しい能力があることを、先に示してもらいたいのだ」

「能力、ですか？」

「そうじゃ。昔であればドラゴン退治など凶悪な魔物を討伐すれば叙爵されておったのだがな。今この国では厄介な魔物の討伐がほぼ完了しておるからのう……」

この世界の人間の土地は、魔物を討伐して切り拓《ひら》いたところがほとんどだった。

今の貴族は、かつて大型の魔物の討伐に成功して領地を得た者の子孫たちだ。そのため、貴族の家の紋章には討伐した魔物がデザインされているものが多かったりする。

だが、ありがたいご先祖様の奮闘で、この国は平和になってしまった。今の国内で、シルヴィアが大活躍できるような魔物退治の舞台は存在しないのだ。

「実戦は少なくなったが、強いというのは貴族を納得させるのに今でも有効だ。シルヴィアは魔法が得意だと聞いておる。春の武術大会に出て結果を出せば認められるのではと思うておるのだが」

女王陛下の言葉に、シルヴィアはしかし、気まずそうに顔を歪《ゆが》めた。

「……陛下、私が武術大会に出た場合、おそらく十位前後には入るでしょうが、それより上は難しいかと」

「そうなのか？　そう決めてかからずとも、今年だけでなく、何年か努力してみれば……」

「おそれながら陛下、あの大会は平民を含め国中から強者が集まります。平民こそ出世に関わりますから、目の色を変えて出場しておりますが。その中で十位と言えば、シルヴィア嬢は相当にお強いです」

二人の会話に、バルバストル侯爵が口をはさんだ。

「そうか。なら、十位でも取れれば、貴族にも認められるか？」

と、女王陛下が言うと、バルバストル侯爵は申し訳なさそうに首を横に振った。

「いいえ。三位までに入らないと、インパクトは薄いでしょう。ですが、シルヴィア嬢が弱いというわけではありません。私など、もし出場しても七十位程度にしかなりませんから」

大貴族の当主であるバルバストル侯爵でも七十位くらいなのか。それならシルヴィアは相当強いんだろうけど……。日本でも、例えば格闘競技で全日本十位を取った人なんかは相当強いはずだけど、それだけでテレビに出られたり全国的に知名度が上がったりってことはないよな。プラスアルファで、イケメンだったり何らかの価値を持ってたりしたら別だけど。

そっか。武術大会十位に加えて何かあればいけるんじゃないか？

「武術大会十位は素晴らしい成績です。それに加えて何か……そうですね、文武両道を見せられると良いので、内政面の成果でもあれば、爵位を継ぐ根拠にできるかと思います」

バルバストル侯爵は、ちょうど俺が考えたのと同じような提案をしてきた。

「そうか。文武両道とな」

「ええ。特に近年は土地の収入だけでは権威を維持できない貴族が増えております。そのため、新たに事業を起こす貴族も多いのです。彼らの手本となるような成果を出せれば、公爵としても認められるでしょう」

「ほうほう。事業とな。それで、その案はあるのか？」

女王陛下が尋ねると、バルバストル侯爵はイケメンなアルカイックスマイルを浮かべて、

「ありません」

と、答えた。

「……そうか。そりゃあ、そんな案があればとっくに侯爵自身で実行しておるな。これ以上の内容は、レヴィントン家の者たちで考えるべきことじゃ。ふーむ、武術大会の上位獲得に加えて、経済的な成功、この二つを揃《そろ》えれば、貴族たちもシルヴィアを女公爵と認めるだろう。できるか？」

女王陛下に問われて、

「かしこまりました。このシルヴィア、全身全霊を打ち込んで陛下のご期待に応えさせていただきます」

と、シルヴィアは宣言した。

「よし。話はここまでじゃ。そなたを女公爵と認められる日を心待ちにしておるぞ」

そう言って、女王陛下たちは帰っていった。


「大変なことになったね。大丈夫？　シルヴィア」

皆が去って静かになった屋敷で、俺はシルヴィアに声をかけた。

「むしろやる気が出たわ。このままウチのご先祖様のカッコウ被害者リストを増やしていくよりは、ポジティブに行動できるもの」

「あはは、そりゃ、そっか」

難しい条件だけど、シルヴィアは前向きのようだ。

「それで、経済的な成功って、シルヴィアは心当たりあるの？」

「ううん。そっちの案を探しつつ、春の武術大会に向けて訓練するわ。十位には当然入れるみたいな言い方しちゃったし、無様な負け方をするわけにはいかないから」

と、シルヴィアは答えた。

そうだな。武術大会十位も簡単じゃないだろうからね。

「経済の方の案は、俺の家は商家だし、父と相談して何かないか考えてみるよ」

「ありがとう。あなたがそう言ってくれると、心強いわ」

シルヴィアは俺の手を握りしめて、心底嬉しそうに言った。

うわぁ。ここまで頼りにされてると、何か案を出さないと悪いよな。えーっと……。

とりあえず、父さんに相談してみよう！


家に帰った俺は、父にレヴィントン公爵邸での話を伝えた。

「そうか。シルヴィア様を女公爵に。うーん……」

話を聞いた父は、顎に手を当てて難しそうに考え込んだ。

「これが子爵家や男爵家くらいなら、ウチが支援して王家に寄付金を出すことで認められるのだけどな。公爵家の継承に影響する額の寄付となると、東の国のラントペリー本家でも大変な額になる」

ふうむ。最終的にお金で解決する手段もあるにはあるのか。でも、ラントペリー本家がロア王国の一貴族のためにそこまで出してはくれないだろう。他の有力商人を探すにしても、それだけの額を出してくれる見返りをどうするのかって問題が出てくるよなぁ。

「商人に出させるのではなく、レヴィントン家で事業を起こす方向ではどうでしょう？」

「……そうだな。以前にお前と一緒に行ったバルバストル侯爵邸の集まりでは、新しい事業案が毎回話題には出ているが……それだけ皆に探し尽くされているということでもある」

ああ、そうなるか。

コーヒーを輸入していたサブレ伯爵も、事業がうまくいくかでかなりヒヤヒヤしてたもんなぁ。

「お前が以前に成功させたコーヒーの普及事業をレヴィントン家に回せていたら、あるいは……」

「いえ。あれは小規模な事業主がたくさん参入したことでブームを作れたんです」

たしか、喫茶店って、日本でもスター○ックスみたいなチェーン店が普及する前に、個人経営の店から広がっていったんだよな。

ロア王国は日本と制度も商慣習も違うから、いきなりチェーン店を作るのはリスクが高いと思う。

「……そうか。こういう商機を見る眼力は、私よりアレンの方がありそうだな。お前が思いつかないことで、私が力になれるのかどうか」

相談していく内に父が自信なさげなことを言い出した。

「とんでもない！　私一人の頭で考えられるアイデアなんてたかが知れています。色んな人からアイデアをもらわないと……」

俺なんて前世の知識でちょっと良いところを見せられただけだ。外国にラントペリー商会を進出させて何年もかけて地盤を築いてきた父がいなければ、俺が活躍することもなかったさ。

「アイデアをもらう？　――それだ！」

俺の言葉に、ふいに父は何かひらめいたように言った。

「私の仕事の手伝いにもなるが、お前に来客の対応を任せよう」

「来客？」

「ラントペリー商会に出資してほしいと言ってな、小規模な商人や研究者などが、事業のアイデアを売り込みに来るんだ。たいていは詰めの甘いプランで、中には詐欺のようなものもある。良いアイデアの可能性は低いが、お前の感性なら何か拾えるかもしれんぞ」

「おお、それは、是非やらせてください！」

アイデアの売り込みか。びっくり箱みたいなものだろうけど、いいかもしれないな。

ラントペリー商会の応接間。
俺は企画を持ち込む来客に応対していた。
「え～、ですからこの事業に金貨百枚を出資していただけましたら、半年後には二倍にしてお返しを……」
《ピーター　四十三歳　詐欺師
資産家のところへ嘘《うそ》の事業話を持ち込んで金を騙《だま》し取っている》
面会中、俺は来訪者の似顔絵を描きながら話を聞いていた。

《神眼》能力で危ない奴《やつ》を弾《はじ》けるのは便利だな。

ここ数日で会った中に、詐欺師は四名いた。

他、持ち込まれた企画の内容が甘かった者が十一名。

そうそう魅力的なアイデアは見つからないらしい。

「次が本日最後のお客様です」

店の従業員に案内されて入ってきたのは、小柄でちょっと太った男性だった。見た感じ、インドア多趣味っぽい雰囲気がある。前世の知り合いにもこんな感じの人、いたなぁ。

「初めまして。私、錬金術師をしておりますヤーマダと申す者です」

錬金術師のヤーマダさんは、持ち込んだ木箱から一枚の皿を取り出して俺に見せた。

白地に青い顔料で絵が描かれた大皿だ。

それは、パッと見だと、前世の中国や日本で作られていた伝統工芸品の磁器に似ていた。しかし、よく見ると表面がザラザラしており、磁器のような艶がなかった。

――たしか、皿やお碗《わん》のような焼き物って、陶器と磁器の二種類に分かれるんだよな。

表面がザラザラした厚手のものが陶器で、ツルッとした光沢があるのが磁器。

「ご存じだと思いますが、我が国を含め現在の中央大陸諸国家では、東大陸の磁器が飛ぶように売れております。貴族やお金持ちには磁器のコレクションを自慢にしている方も多く、良い品には買い手が殺到するそうです」

と、ヤーマダさんは説明する。

そういえば、日本で博物館に行ったときに、そんな解説を読んだ気がするなぁ。

日本の伝統工芸品に、有田焼《ありたやき》とか九谷焼《くたにやき》とかがあって、海外にも輸出されていたという話だった。

「もし、この磁器をロア王国内で生産できるようになれば、莫大《ばくだい》な利益が得られるでしょう。それに、国外に通貨が流出することも減りますから、国益にもなります」

「なるほど。それで、この皿はあなたが再現した磁器のレプリカということですね」

「はい」

俺はもう一度彼が持ってきた皿を見た。

その皿はやはり、表面のザラザラした感じから磁器と呼べるものではなかった。

「未《いま》だうまくいかず試行錯誤を繰り返しております。材料となる陶土に秘密があるのだと考え、各所を旅してサンプルになる土を探していたのですが、旅費もなくなり、このままでは研究を続けられなくなりまして……」

「うん。着眼点は素晴らしいと思います。成功すればリターンが大きいですし」

っていうか、思い出してみると、磁器の制作って、前世の異世界ラノベで読んだことがあったわ。

主人公が磁器を作り出して大儲《おおもう》けするんだよなぁ。

ああいうネタが書かれていたってことは、磁器の生産は再現できる可能性が高いんじゃないだろうか。やってみる価値はありそうだ。

一応、〈神眼〉の鑑定も確認しておくと——。

《ヤーマダ　二十九歳　錬金術師
陶器の作り方に詳しい錬金術師。東大陸の磁器の製法を研究している》
という感じで、ヤーマダさん本人が言っていることとほぼ同じ説明が出たので、彼のやる気は本物のようだった。
「いいアイデアですね。ぜひ協力させてください。出資だけでなく、私も研究に参加したいです」
「あ……ありがとうございます！　よろしくお願いいたします」
大喜びするヤーマダさんと握手を交わして、俺は磁器の生産に取り組むことを決めた。

その日の夜、俺はアトリエでスケッチブックを広げた。

磁器か。

ご飯モノを描くのが得意な絵師さんに憧れてたとき、真似《まね》して描いてたことがあったなぁ。

すっごい美味《おい》しそうな食べ物の絵、アニメのジ○リとか、ゲームにも飯が美味しそうなのいっぱいあったよな。

その中に出てきた高級そうな食器を思い出して描けば、〈神眼〉で何か出るかもしれない。

俺は思いつく限りの皿やポット、ティーカップなどを絵にしてみた。

すると――。

《マイセン風の食器
焼き物は大きく陶器と磁器に区別され、材料も異なる。磁器の場合は、カオリンなどを含んだ陶石を砕いたものに水を混ぜて粘土として使う。また、陶器よりも高温の、約千三百度で焼成する》

よっしゃ。

しっかりと情報が出た。

材料が土ではなく陶石、石だったのか。

多分、ヤーマダさんの磁器の製作がうまくいってなかったのは、すでに陶器を作っている土地の粘土を使って研究していたからなんだろうな。

とすると、俺の役目は磁器作りに必要な陶石を探し出すことか。

陶器と同様に形にして焼く工程は、門外漢の俺より、錬金術師のヤーマダさんが詳しいだろうし。

俺は陶石を探すことにした。


翌日。

俺はレヴィントン公爵邸のシルヴィアを訪ねた。

シルヴィアに実績をつけるには、磁器の材料となる陶石をレヴィントン公爵領で採掘して、領内で磁器を作れるのがベストだ。

陶石が見つかるかは運次第だけど、ひとまずレヴィントン領を隈《くま》なく探し回ってみようと思った。

シルヴィアは公爵邸の広い庭で剣と魔法の訓練をしていた。

「その調子です。結界を維持したまま、攻撃魔法も同時に展開して――」

いかにも強そうなコワモテの先生につきっきりで指導されて、シルヴィアは訓練に集中していた。

俺は少し離れてその様子を見ながら待つことにした。

「うっ……」

シルヴィアはしばらく先生の言う通りに魔法を展開していたが、二つの魔法の同時展開は難しいらしい。

攻撃魔法に集中すると、シルヴィアの結界が霧散した。

「ハア……ハア……」

荒い息を整えながら、シルヴィアはふとこちらを振り返って俺の存在に気づいた。

「アレン、どうしたの？」

「訓練中にすみません。――女王陛下からの課題、経済的な成功の方でアイデアが浮かんだので、お伝えしに来ました」

「そうなの？　すごい、ありがと！」

興奮したようにシルヴィアは俺のすぐ近くまで駆け寄ってきた。

「あっ、まだアイデア段階ですので、ものになるかはこれからですが……」

「そっか。先走っちゃった、ごめんね」

「いえいえ。それで、事業に使う材料が、公爵領で採取できるのがベストだと思いまして。レヴィントン家の領地を見て回りたいと思うのですが、許可をいただけますか？」

「もちろんいいわよ！　――それなら、私も領地に戻ろうかしら」

「いいのですか？　武術大会の稽古があるのでは……」

「王都だと土地が狭くて、稽古するにも周囲に気を遣いながら魔法を使わないといけないのよ。先生と、領地で訓練しようかと話していたところなの」

そうシルヴィアが言うと、近くにいたシルヴィアの先生も頷《うなず》いていた。

「そうなのですね。では、ご一緒させてください」

「ええ。訓練以外の時間は、私もあなたについて回ろうかしら。領主の娘がいると色々便利だと思うわよ」

「ありがとうございます。よろしくお願いいたします」

俺はシルヴィアと一緒に、ロア王国西部にあるレヴィントン家の領地へと向かった。

レヴィントン公爵領のとある山の中。

俺は〈神眼〉を活用して磁器の材料を探すことにした。

「こんな山間部でなく、海沿いの方に街も人も集中していて賑《にぎ》やかなのよ」

と、同行するシルヴィアが言う。

「今回は磁器の材料探しだから、岩山がベストなんだ」

答える俺の手にはスケッチブックと絵筆があった。

俺は水彩画の道具を持って、レヴィントン公爵領の山々を描いて回っていた。

《レヴィントン公爵領南東の山
レヴィントン公爵領の山の一つ。美味しいキノコが採れる》

こんな感じで、土地の情報が出るのは検証済みだ。

ただ、風景画で対象をそれと分かるように描くという〈神眼〉の発動条件を満たすのは、人物画よりだいぶ手間がかかった。白黒の鉛筆画では描き分けにくかったので、今回は水彩画にしていた。

「材料探しなのは分かっているけど、あなたに風景画を描いてもらえるなら、もっと良い場所があるのに、何かもったいない気がしてくるのよ」

殺風景な山ばかり俺が描いているのを、シルヴィアは残念そうにしていた。だが――。

「これがあの山？　……なぜかしら。あなたが描くととても素敵な場所のように見えてくるわね」

俺の描いた水彩画を見ると、彼女は目を丸くして、驚いたように絵と実際の景色を見比べた。

どこにでもある田舎《いなか》の風景も、荒涼とした岩場も、それはそれで魅力のあるものだ。

「不思議ね。あなたの絵を見た後に実際の風景を見直すと、どこにでもありそうだと思っていた景色がちゃんと見分けられて、私にも良さが分かる気がするわ」

シルヴィアはキラキラした瞳で、俺が描いたのと同じ角度から山の景色を眺めた。

日傘の下の彼女の髪の毛が風に揺れている。

前世のアニメとかで、最初そんなにファンのいなかったキャラを有名絵師さんがイラストに描いてバズらせると、皆にキャラの良さが理解されて人気になるとか、そういうのに近い感覚なのかなぁ。

「そっか。絵にすれば、シルヴィアと同じ視点を共有できるんだね」

同じ場所にいても、同じ物を見ても、考えているのは全然別のことっていうのが、人間の常だと思ってたけど。

アニメだって、同じキャラを見ていても、人によって感じ方は違う。でも、二次創作で見せられたキャラの新たな一面が分かったときは、その感覚を、俺もあのとき〝いいね！〟を押していた他の人たちと共有してたのかな。

「そうね。いい天気だし、ウチの領地も捨てたもんじゃないわね」

緑の濃い山の上を、雲が流れていく。

俺はたくさんの絵を描いて、シルヴィアと一緒に景色を眺めた。

そうこうしている内に――。

《レヴィントン公爵領東の岩山
陶石が豊富に採れる。磁器の生産に最適》

「うおっ！」

俺はついに当たりを引いたのだった。

俺はその岩山で採った白っぽい石を砕いて持ち帰った。

これを使って、錬金術師ヤーマダさんに磁器を試作してもらおう。


レヴィントン領の山間部。

急きょ準備された、掘っ立て小屋のような工房に、俺が〈神眼〉を駆使して採取した陶石が積み上げられていた。

「では、こちらを使って試作します」

何もない小屋の周辺で、ヤーマダさんは陶土の調合、釉薬《ゆうやく》、火加減などを細かく変えて実験を繰り返した。

そのとき活躍したのが、シルヴィアだった。

「次はこれを乾燥させて焼くのね。任せて」

彼女は数名の部下とともに、大貴族が持つ豊富な魔力で、通常だと数日かかる工程を魔法で短縮し、一日に何度も試作を焼き上げた。

そうやって、焼成に適切な温度が分かると、次はかまどに燃料を入れて、魔法を使わずに焼く方法が研究された。

実験を繰り返す内に、当初粗末な小屋だった工房はどんどん拡張され、かまどがいくつも並ぶ立派な作業場になっていった。

そして――。


焼き上がった磁器をシルヴィアが指で弾く。

すると、キンッと金属質の澄んだ音がした。

「ツルツルの光沢……これは、完成と言っていいんじゃないかしら？」

ついに満足のいく出来になった磁器を前に、シルヴィアとヤーマダさんは多幸感あふれる笑みを浮かべ、ニヘラッと表情を崩した。

「やりましたね。それでは、ここで再び俺の出番です」

俺は自分の胸をトンと叩《たた》いてそう主張した。

「アレンの出番？」

磁器は無地で白いだけではない。

ここから、絵付けして、色んなデザインの食器を作るのだ。

現代日本じゃ磁器はありふれたもので、可愛い動物キャラや、アニメキャラをプリントしたものまであった。

――お手製美少女絵付け皿を作ろ……いや待て。まずは、王侯貴族に認められるためのオーソドックスでかっこいいデザインが先だぞ。

「素焼きしたものに絵付けをして、輸入品に張り合える見栄《みば》えのするものを目指します」

「あ、そうね！　家にある東大陸産の磁器には、お皿全体に牡丹《ぼたん》や椿《つばき》の花の絵が描かれていたわ」

ハッとしたようにシルヴィアが言うと、

「そうでした、まだ道半ばでした。焼き物に絵を描くときは熱で顔料が変色しますから、まだまだ実験が必要でしたよ」

と、ヤーマダさんもすぐに気合を入れなおした。

「せっかくですし、ロア王国民が好む花や動物などを描いて、みんなに愛される磁器にしたいですね」

「ええ。引き続き良い磁器ができるように頑張りましょう」

そうして、俺たちは再び試行錯誤を繰り返した。

磁器の開発をする内に、俺がこの世界に転生して一年が経っていた。

俺は十九歳になった。

「素晴らしい。ついに、ついに、念願の、完璧な磁器が……。やっと私の夢が叶《かな》って……ぐすっ……これもアレン様とシルヴィア様のお蔭です。ありがとうございます」

ヤーマダさんは喜びすぎて嬉し泣きしながら、俺たちに礼を言った。

彼の手には、発色の良いカラフルな花が描かれた、光沢の美しい磁器があった。

「いやいや。何度も繰り返し試作して頑張ったのは、ヤーマダさんじゃないですか。お疲れ様でした」

俺も笑顔でヤーマダさんの功績を称《たた》えた。

「――それにしても、よかったの？　二人が中心になって頑張った成果なのに、私の手柄にしてしまって」

と、シルヴィアが申し訳なさそうに言う。

磁器の開発に取り組んだ当初の目的は、シルヴィアに経済的な成功を収めさせて、女公爵として認められる実績を作ることだった。だから、シルヴィアが主導して磁器の生産に成功したのだと広めていくつもりだ。

「私も今回のことで一生贅沢《ぜいたく》して暮らせる収入を得られました。もちろん、遊ばずに研究資金にするんですけど。それに、誰もできなかった磁器の生産に携わった錬金術師として、仲間にも一目置かれますからね」

と、ヤーマダさんはニコニコしながらシルヴィアに答えた。

「ありがとう。ヤーマダさんには、王立アカデミーへの推薦状を書いておくわね」

「それが一番のご褒美なのですっ！」

ヤーマダさんにはシルヴィアのコネで優秀な学者たちを紹介してあげるのが、本人にとって一番良いみたいだった。

「ウチも、父がしっかり契約書を作成して、利益が得られるようにさせてもらってますから、ご心配には及びません」

「ありがとう。アレンとヤーマダさんの功績は、私からしっかりと女王陛下にまで届くようにするわ」

と、シルヴィアは言った。

そんな彼女は、先日行われた王国武術大会で見事七位入賞を果たしていた。

これで、条件は揃ったな。

「それにしても、この磁器のクオリティー、アレン様の絵付けが見事ですね。研究のためにたくさんの磁器を拝見してきましたが、これほどの物は見たことがありませんでした」

ヤーマダさんは俺の絵付けした磁器の大皿を見ながら、しみじみとした様子で言った。

皿には、ロア王国民が好みそうなタッチで草花を図式化して描き、それを金彩で豪華に装飾していた。

「外国製より、ロア王国の人の好みに寄せて作ってますからね」

磁器への絵付けは、焼くと顔料が変色するから大変だったのだけど、そこは〈弘法《こうぼう》筆を選ばず〉のチートスキルが大活躍だった。

「私も貴族として様々な磁器を見てきたけど、アレンが作ったものが最高だと思うわ。磁器の製法は隠してもいずれ伝わってしまって、他所《よそ》でも生産されるようになるだろうけど、アレンの絵付けがある限り、ウチより優れた品物を作れる人は現れないかもね」

と、シルヴィアも磁器の仕上がりに満足そうだった。

「絵付けは楽しかったですよ。今回は女王陛下や貴族たちに好まれそうなデザインにしましたけど、もっと奇抜なものや、日常使いしやすい落ち着いた食器など、色々作ってみたいですね」

「うん！　これからも頼りにしてるからね、アレン」

こうして、完成した磁器はまず女王陛下に献上されることとなった。

玉座の間。

一直線に延びた赤絨毯《じゅうたん》の左右に、群臣が列をなしている。その絨毯の先にある黄金の椅子には、若い女王陛下が腰を下ろし、こちらを見ていた。

「私の領地で、最新の技術を駆使して制作した磁器です。絵付けはアレン・ラントペリーの直筆。

一般向けの販売には複製の量産品を用いますが、こちらは特別に全てラントペリーの手描きで絵付けされたものです」

シルヴィアの従者としてついてきていた俺は、女王陛下の前にシルヴィアが十数点の磁器を並べるのを手伝った。

集まった貴族たちから「おぉ」というどよめきの声があがる。

「これは……見事だな」

「だが、似たような品を見たことがないぞ」

「領地で制作？　磁器を国産化できたのか!?」

周囲の貴族たちがざわめきだした。

「素晴らしい。輸入品よりも品質が良いんじゃないか？」

「あのカップが欲しいな。流行《はや》りのコーヒーを飲むのに使いたい」

「絵付けが素晴らしいな。アレン・ラントペリーと言えば、最近デュロン劇場で評判になっていた画家か」

口々に囁《ささや》かれる磁器の評判は上々だった。

「見事だ、シルヴィア・レヴィントン。そなたは他国に先駆けて磁器の生産を成功させた。これはこの先長く我が国に富をもたらすものになるだろう。また、先日の武術大会でも、武門のレヴィントン家の名に相応しい活躍を見せていた。その才を、古い伝統に縛られて腐らせるのは惜しい」

女王陛下がそこまで言うと、貴族たちはハッとしたように陛下に視線を集中した。

「レヴィントン公爵家の男系相続の縛りを解く。シルヴィアよ、レヴィントン女公爵となり余を支えてくれ」

周囲から拍手喝さいが起こる。

玉座の女王の言葉に、反対する貴族はいなかった。

「ありがとうございます、陛下。今後はレヴィントン公爵として、より一層の忠誠を誓います」

こうして、レヴィントン家の継承にまつわる一連の出来事は、女公爵シルヴィアの誕生によって幕を閉じたのだった。


シルヴィアのレヴィントン公爵継承を祝う夜会は、女王陛下まで参加される大変格式の高いものになった。立食形式の会場に並べられた料理は、全てレヴィントン領で制作された磁器に盛り付けられている。

「綺麗《きれい》なお皿ね。これ、全部アレン君が描いたの？」

一緒に参加していたデュロン夫人が磁器の皿を見て感心したように言った。

「はい。全てレヴィントン領に咲くスミレがモチーフになっているんです」

「へえ……出会ってからあっという間に出世していったわね、サー・アレン・ラントペリー」

と、デュロン夫人は冗談めかして言った。

俺の胸には、真新しい勲章が一つあった。これによって、俺は一代限りで騎士を名乗れるそうだ。騎士って称号だけど、文化功労者にも贈られる。前世のニュースで見たセレブっぽい人たちがもらっていた称号と似たようなものだ。

シルヴィアはちゃんと俺の働きを女王陛下に報告してくれたらしい。

磁器を完成させたご褒美として、俺もロア王国の上流階級の端っこに加わることになった。

「アレン、来てくれてたのね！　……デュロン夫人も、ごきげんよう」

パーティーの主役であるシルヴィアが俺たちのところへ来た。

「おめでとうございます、公爵」

「おめでとうございます、シルヴィア様」

「ありがとうございます、デュロン夫人。アレンも、叙勲おめでとう」

シルヴィアは、キラキラの宝石にも負けないほどの輝く笑顔で俺に接近してきた。

だが、そこへデュロン夫人が割って入る。

「ダメですよ、公爵。アレン君は私のパートナーなのですわ」

と、彼女はからかうようにシルヴィアに言って、俺の腕に身体を寄せた。

「デュロン夫人、アレンは今回の件で私に協力を――」

シルヴィアがムッとした様子で言い返す。

何だか女性の争いに巻き込まれたみたいになってきた。

焦りだす俺のところへ、さらに――。

「おぉ、アレン・ラントペリー！　そなたも来ていたのじゃな」

可愛らしい高い声で、ど派手な真っ赤なマントと王冠を身に着けた女王陛下まで近づいてきた。

「なんじゃ、お主ら。アレン・ラントペリーを巡って争っておったのか？　残念じゃが、今後、この者の才覚は余がもらうぞ」

「……なっ、へ……陛下!?」

女王陛下の爆弾発言に、周囲の貴族たちはポカンとした顔でこちらを見ていた。

「優れた芸術家を抱えていることは、諸外国の王族にも誇れるからの。アレン・ラントペリー、近々、余の肖像画を描きに王宮へ来るがよい」

女王陛下の言葉に、周りから「おおー」と声があがった。

「陛下の肖像画を描いた実績を積めば、ラントペリー氏の名声はさらに増すだろうな」

「今の内に私も絵の依頼を予約しておこうかしら」

「急いだ方がいいぞ。そのうち一人じゃ手が回らなくなって、本人じゃなく弟子に描かれるハメになるからな」

ザワザワした周囲の声が何となく耳に入ってくる。

――俺、モテモテだな……。

「さらに強力なライバルが出現しましたわね」

「アレンばっかり何でこんなにモテるのよ」

デュロン夫人とシルヴィアが呆《あき》れていた。

「アレン・ラントペリー氏、おモテになるなぁ」

「しかし、あれだけ高貴な方に言い寄られていたら、普通の娘は近寄れませんわよ」

「ふーむ、彼はこの先、ご婦人方の愛人として社交界を賑わしていきそうですな」

ちょっ……一部、外野から聞き捨てならない台詞《せりふ》が聞こえてきたんだが。

俺、商会の跡取り息子だから、結婚必須なんだぞっ。

「うーん、ラントペリー商会も大変そうだね。こうなると、裕福な商会の跡取りでも、結婚したいという女性は現れにくいかもしれない。高貴な女性に睨《にら》まれるのは恐ろしいからね」

いつの間にか俺の近くに来ていたバルバストル侯爵がボソリと言って、

「アレン君は、私のお仲間になりそうだね」

と、ニヤリと笑った。

「……バルバストル侯爵は女王陛下のお気に入りでマダムキラーで結婚もせずに浮名を流してるじゃないですか。私に同類になれと？」

「ふふ、よろしくね」

イケメン女たらし侯爵に同類認定されて俺は頭を抱える。そこへ、

「うむ。バルバストル侯は余の子犬、アレンは余の子猫じゃな。どちらも王国のため、励むがよい」

と、女王陛下がわけの分からないことを言って、さらに場をカオスにしていた。

前世で独身だった俺の結婚は、こっちの世界でも前途多難になりそうだった。

幕間《まくあい》

料理人ダニエルの才能

シルヴィアに前世のお菓子の試食をしてもらうようになってしばらく経《た》った頃、俺は料理人のダニエルと一緒に、レヴィントン公爵邸を訪問していた。

「来てくれてありがとう、アレン、ダニエルさん」

「いいよ、いいよ。元はと言えば俺が元凶みたいなもんだから」

「ありがとう。ダニエルさん、今日はよろしく頼むわね」

「は、はい、お嬢様。頑張ります」

シルヴィアが俺とダニエルを屋敷に呼んだのは、レヴィントン家の料理人に、俺が再現したお菓子のレシピを教えるためだった。

シルヴィアが屋敷でお菓子を食べていたとき、俺の家で出しているお菓子と比べて物足りないなと、うっかり料理人の前で思ってしまったらしい。それに料理人たちが気づいてしまい、『お嬢様を満足させるお菓子のレシピを教えてくれ』となったそうだ。

「悪いわね。貴重なレシピを公開させてしまって」

「いいよ。もともと隠すつもりもなかったし」

今の俺は、ただでさえ実家の商売に時間を割かれているのだ。レシピの独占なんかして、これ以上やることが増えたら、絵を描く時間がさらに減ってしまう。

お菓子のレシピは、この世界のスイーツ好きの人たちに任せた方がいいと思っていた。

「ありがとう。それじゃあ、さっそく厨房《ちゅうぼう》へ案内するわね」

シルヴィアに連れられて、レヴィントン家の厨房へ向かった。

「す……すごいお屋敷ですね」

ダニエルは大きな屋敷に気おくれしたのか、俺の後ろに隠れるようにして歩いていた。

「これは厨房も相当立派そうだね」

シルヴィアが扉を開けるのに続いて入った厨房は、日本の学校の家庭科室くらいありそうだった。

「うん、予想通り大きくてすごいや」

「そうかな？　領地にあるカントリーハウスの厨房は、菜園と中庭がついた調理専門の建物よ？」

さすが大貴族。スケールが違う。

俺から見れば十分大きなその厨房は、中央に大きな調理台があり、背面には魔力を使うコンロがいくつも並んでいた。コンロの隣には、豚を丸々焼けるほどの大きな炭火焼きのレンジもある。

その調理台の前に、厨房のスタッフが並び、料理長が代表してこちらに声をかけてきた。

「この度は我々のためにお越しくださり、ありがとうございます。料理長のエドワードと申します」

料理長は六十歳くらいの白髪交じりのおじさんだった。大貴族の屋敷の厨房というのは、何人も人を使う大きな組織だから、トップはけっこう年配になるのかもしれない。

「初めまして、アレン・ラントペリーです。よろしくお願いします。今日はこちらのダニエルから、私の考案したレシピをお伝えさせていただきます」

俺はそう言って、俺の後ろに隠れていたダニエルをエドワードさんの前に突き出した。

「そうですか。ダニエルさん、よろしく――」

言葉の途中でダニエルを見たエドワードさんは、目を大きく見開いて固まった。

「ダニエル……」

「親父《おやじ》……」

……へ？

ダダダダッ！

「待ちなさい、ダニエル！」

ダニエルは突然、厨房を飛び出していった。

彼はそのまま走って、レヴィントン家の屋敷を出ていってしまった。

――何!?　どういうこと？

ポカンとする俺とシルヴィア。

一方、エドワードさんは非常に驚いた表情で、手を前に出したまま硬直している。

「えっと、今の騒動、エドワード料理長は心当たりがありそうね」

シルヴィアが尋ねると、エドワードさんはしょんぼりした顔で頭を下げ、「申し訳ございません」と言った。

話を聞くため、シルヴィアの部屋に場所を移して、エドワードさんと向き合った。

「私はこちらのお屋敷で料理長を務めさせていただく前、南の某伯爵家で料理人をしておりました」

「そうね。あなたが来ると決まったときは、父が喜んでいたわ。食材が豊富な南方から、腕の良い料理人を雇えたって」

「ありがとうございます。その南にいたとき、私には一人の息子がいました。親馬鹿ながら大変才能のある子で、非常に鋭敏な舌を持っており、将来を期待していました」

「そう……それで、その息子さんは？」

「私と一緒に、同じ厨房で働かせました。能力は申し分なかったと思います。――人間関係以外は」

エドワードさんは胸に当てた手をギュッと握って、話を続けた。

「厨房の上下関係は厳しいですし、何年も下積みするのが当たり前の世界です。ですが、ダニエルはあっという間に先輩たちの料理の腕を追い越していきました。おそらく、当時の料理長も含めて。そして、彼は能力の低い人間が大きな顔をするのが我慢できない性格でした」

「……なるほど」

シルヴィアは「あちゃー」というように片手で顔を覆った。

「お察しの通り、ダニエルはその厨房で人間関係のトラブルを起こし、飛び出していきました。以来、私は十年以上彼に会っておりませんでした」

話し終えて、エドワードさんは力なく肩を落とした。

……ダニエル、能力に凸凹《でこぼこ》があるギフテッドタイプだったんだな。

俺は料理をほとんどしたことがないから、あまり意識していなかったけど、思い返してみると、ダニエルは料理人としてすごい才能を持っていたのかもしれない。俺が渡した中途半端な前世のお菓子のレシピを、苦もなく再現したのだから。異世界では食材の違いや手に入らない材料もあったのだけど、それにも、彼は代用品を見つけてうまく対処していた。

「ダニエルとは、父が東の国からロア王国へ引っ越す途中の街で出会ったらしいです。父は、たまたまそこでダニエルの料理の腕を知り、家に来てもらったと言っていました」

父が今の家に落ち着くと、ダニエルはすぐに、ほとんど一人でウチの厨房を回しだした。それで何の問題も起きなかったから、ウチでは他に何人かパートのようなお手伝いさんを雇うだけだった。

ダニエルが気難しい性格だったとしても、一人で回す厨房では、彼は自由に振舞えた。それで、ラントペリー家にはすんなりと定着したのかもしれない。

「そうでしたか。……私は今でも、息子の育て方を間違えたと後悔しています。私は、才能ある息子を調子に乗せすぎました。料理人は組織的な仕事です。上下関係に耐える忍耐力がなければ、どうにもならない」

悔しそうにエドワードさんは言った。

でも――。

「ダニエルはウチでとても良く働いてくれていますよ。私が頼んだ新しいお菓子の開発も、彼の手柄ですし」

そう俺が言うと、エドワードさんは複雑そうに顔を歪《ゆが》めた。

「大変失礼な物言いで申し訳ないのですが、料理人の世界では、何人もの料理人を取り仕切る貴族家の厨房の料理長となるのが頂点です。それ以外の家で、ほとんど一人で料理を作っているのは、素人《しろうと》料理人と見なされます」

「ちょっと、エドワード！」

シルヴィアがエドワードさんの言葉を窘《たしな》めるように怒った。

「申し訳ありません。ただ、私は息子の才能を潰してしまったようで、残念で残念で……」

そう言うと、エドワードさんはうつむいて黙り込んでしまった。

俺はシルヴィアと顔を見合わせた。

——どうしたもんだろうな。

今まで考えたこともなかったけど、料理人の視点で言うと、ダニエルは俺の家で才能を腐らせている状態なのか。

——一回、ダニエルにも聞いてみた方がいいのかな。

ダニエル自身にもくすぶっているという意識があるのなら、話し合っておいた方がいいのかもしれない。


家に帰ると、ダニエルは何事もなかったかのように厨房で夕食の支度をしていた。

「ダニエル」

俺が声をかけると、彼はばつが悪そうに振り返って、

「坊ちゃん」

と言った。

「すみませんでした。よりによって公爵様のお屋敷で、粗相を……」

「うん、うん。シルヴィア様だから許してくれたけどね、危なかったよ」

もしレヴィントン家以外でやらかしていたら、ラントペリー商会もヤバかったかもしれない。

「すみません」

やらかした事の大きさに気づいたのか、ダニエルの顔色が青くなった。

「まあ、ダニエルの失敗は雇い主である父と俺の失敗でもある。ダニエルが人前に出る仕事に向かないなら、今後はそのように扱うよ」

俺が言うと、ダニエルは素直に、

「そうしていただけると助かります」

と言った。

おや……。

「でも、ダニエルはそれでいいの？　これはチャンスだったんだよ。レヴィントン家で評価されたら、ウチよりずっと良いお屋敷で働けるかもしれない」

俺が言うと、ダニエルは俺から視線を逸《そ》らし、しばらく逡巡《しゅんじゅん》した後、首を大きく横に振った。

「いいえ。俺は、ここで働ければ満足です！」

彼は真《ま》っ直《す》ぐ俺を見て答えた。

ふーむ、残念だという気持ちがないわけではないけど、面倒なことをするくらいなら今が良いって感じかな。

「お父さんのことは？」

「親父は、レヴィントン家の王都屋敷の料理長です。俺よりずっと恵まれた立場だから、俺が気にすることはありません」

「そっか」

父親と距離を置きたいのだろうけど、ダニエルの口調には申し訳なさのようなものも含まれていて、父親が嫌いというわけではなさそうだった。

「ダニエルの考えは分かった。ウチで今まで通り料理人をしてくれる分には問題なさそうだね」

「なら、それで今後もよろしくお願いします」

「そうだねぇ。ただ、俺としても、ダニエルがもうちょっと人付き合いがうまくなってくれると、助かるんだけどね」

「うっ……」

ダニエルはギクッとしたように身構えた。

「新しくカフェのために雇った料理人たちにお菓子のレシピを教えるの、大変だったじゃない」

俺は、前世のお菓子とコーヒーを売るカフェを開店しようと準備していた。そこで、ダニエルに再現してもらった前世のお菓子のレシピを、新しく雇った料理人たちに教えようとした。だが、ダニエルは教えるのが下手《へた》すぎて、料理人たちと喧嘩《けんか》になっていたのだ。

「あのときは、俺が先にダニエルに見せていた不完全なレシピのメモを料理人たちに渡して、ダニエルが無言で調理してるところを見せて何とか習得してもらったけどね。今後は、レヴィントン家みたいに貴族のお屋敷の料理人にレシピを教えるようなこともあるかもしれない」

「そのときは、カフェの料理人に行かせてくださいよ」

「うん。でも、ぶっちゃけ、今でも彼らのお菓子より、ダニエルが作った方が美味《おい》しいじゃない」

「そりゃ、そうですけど……」

ダニエルはまた俺から目を逸らした。

カフェで出すお菓子も、一応売り物にできるレベルにはなったのだけど、ダニエルの料理を食べ慣れている俺からすると物足りなかった。

ダニエル、この世界では俺よりだいぶ年上だけど、世渡り下手で何か未《いま》だに思春期をこじらせている感じだなぁ。

エドワードさんの言う通り、ダニエルの状態はもったいないのかもしれない。人を使ってうまく料理できるようになれば、ダニエルはもっと活躍できる料理人なのだ。

「先日はごめんね、シルヴィア」
ウチに遊びに来たシルヴィアに、俺はダニエルのことを謝った。
「カフェで雇っている料理人をレヴィントン家に送るよ。まだ若い子で、ダニエルより腕は落ちるんだけど」

「仕方ないわよ。あのギクシャクとした親子関係を見せられたらね」

と、シルヴィアは言った。

「あの後、エドワードはかなり落ち込んでいたわ。息子さんを立派な料理人に育てられなかったって……あ、ごめん。エドワードの言動って、本当、ラントペリー家に対して失礼よね」

「いや、いいよ。それが世間一般の料理人の評価だろうし」

「そんなことないよ。アレンの家で出してもらったお菓子は、私が今まで食べた中で一番美味しかったんだよ」

「そんなに？」

「うん」

公爵令嬢の一番とは。すごいな、ダニエル。

「ダニエルさんは立派な料理人よ。それなのに、彼の父親が残念がっているなんて、変な話ね」

「多分、エドワードさんが望んでいた料理人としての成功に必要なのって、料理の才能というより社交的な性格なんじゃないかな。それでいうと、ダニエルじゃ能力不足になる」

「うーん、そうね……」

「貴族の屋敷の料理人は、昔からあるポジションだ。そういう仕事は、決まったことをこなせればいいから、能力より人格が大事になってくる」

「……そうかもしれないわね」

「でも、新しいことをするには、尖《とが》った才能が必要だ」

「そうね。全く新しいお菓子をあれだけ美味しく作れたのは、ダニエルさんの才能よ」

「そういう意味では、ダニエルは正しく自分の才能を使っているんだ」

それなら、もうそれでいいんじゃないか？　不足なら、ダニエルの仕事を世間に認めさせる手段を別に考えればいい。

「……良いこと思いついたかも。シルヴィアのところに料理人を送るの、ちょっと待ってもらえるかな」

「え、いいけど、何するつもり？」

「大したことじゃないよ。でも、カフェとコーヒーの普及のためにも使えるかもしれない。結果が出たら教えるね」

俺はその日からすぐ、自分の思いつきを実行するためにダニエルのもとへ向かった。


俺がカフェを開店して、王都にコーヒーが広まった頃。

バルバストル侯爵邸に行くと、一人の商人が俺に近づいてきた。

「ラントペリーさん、私も自分の店の一部を改装して、カフェを開きたいと思っております。アドバイスをいただけないでしょうか」

「はい。いいですよ」

俺はこういう相談を、たくさん受けていた。

「それじゃあ、これを差し上げますね」

と言って、俺はその商人に一冊の冊子を手渡した。

「おぉ、これが噂《うわさ》の、ダニエル氏のレシピ本！」

受け取った商人は、興奮した様子でその冊子を見つめている。

「はい。役立ててくださいね」

「すごい、こんな貴重な物をいただけるとは。感謝します」

商人は大喜びだった。


人に教えるのが苦手なダニエルの功績を世に広めるために、俺が考えついたのは、レシピ本を作ることだった。

俺がダニエルの調理過程をスケッチして、手順を分かりやすく絵にした冊子だ。

ダニエルは前世のオタク友だちと性格が似ていたせいか、俺との会話はうまくいっていた。だから、俺がダニエルに作り方を聞いて、分かりやすい絵をつけて手順を説明したのである。

表紙には、ダニエルの名前を入れた。

この世界の料理は大人数の厨房で下積みして覚えるものだから、料理の本は滅多《めった》になかった。でも、カフェを開きたい意欲的な商人たちは、見慣れないレシピ本を一生懸命解読してくれた。

これでレシピ本の存在が知られていけば、そのうち一般向けにも販売するつもりだ。

——レシピ本だけ渡してダニエルは人前に出ないから、彼は謎の料理人として有名になりつつあるんだけどね。


レシピ本はエドワードさんのところにも、ダニエルと一緒に持っていった。

親子関係は未だギクシャクしていたけど、レシピ本を読んで、エドワードさんはダニエルの生み出した成果に感動していた。

エドワードさんからは、『ぜひ、アレン様のお力で、息子の才能を使い倒してやってください』とお願いされた。

彼は俺に何度も頭を下げて、息子をお願いしますと言っていた。

俺、十八歳。三十路《みそじ》のおっさんを親から託されてしまった。

——まあでも、ダニエルの能力はこれからも思いきり使うだろうな。

再現したい前世の食べ物は、まだまだ大量にあるのだ。

ダニエルには今後も頑張ってもらおうと思った。

第3章

画家と女王陛下

1 大人のお菓子

夏の暑い日。

俺は部屋でアイスコーヒーを飲んでいた。

「魔法で急速に冷やせば、アイスコーヒーを氷で薄めずに済む。いいことだ」

前世で美味《おい》しいアイスコーヒーを飲むのは難しかった。

コーヒーは時間が経《た》つと風味が変わってしまうから、自然に冷めるのを待てない。かといって、氷を入れると味が薄くなる。

そのため前世は市販のアイスコーヒーで我慢していた。文明的には遅れていそうなこっちの世界に来て、かえって納得のいくアイスコーヒーが飲めるとはなぁ。

「一緒に食べるダニエル特製クッキーも美味《うま》い」

ちゃんと俺の口に合うように、甘さ控えめのやさしい味になっているのだ。

家で雇っている料理人のダニエルは、かなり腕が良い。彼に前世のお菓子のレシピを教えたのは大正解だった。

ニコニコしながらおやつタイムを楽しんでいると、いきなりバタンと部屋のドアが開く音がした。

「暑い、暑い、暑〜い！」

妹のフランセットだ。

彼女は、溜《た》め込《こ》んだ不満を吐き出すように絶叫した。

季節は夏の盛りである。だが、

「そうか？　今日はカラッと晴れて気持ち良いじゃないか」

日本の猛暑で鍛えられた俺には、こっちの暑さなど余裕であった。むしろ、冬の方が寒すぎて死ぬ。

「何でそんな平気そうなのよ。ねえ、アレンお兄ちゃん、いつもの冷や冷やのおやつ、作って〜」

顔の前で手を合わせ、妹は俺に上目遣いでおねだりしてきた。媚《こ》び媚びの仕草だが、彼女にあるのは色気ではなく、食い気のみである。

女の子っておませな子が多いから、小学生がお洒落《しゃれ》して恋愛トークに花を咲かせていると、前世では聞いていたんだけどなぁ。

フランセットはどう見てもお子ちゃまだ。彼女のおねだりは、可愛《かわい》いものばかりだった。

「……分かった。ちょっと厨房《ちゅうぼう》に行ってくる」

食い気にとり憑《つ》かれた妹の勢いに押されて、俺は飲みかけのコーヒーを置いて厨房へと向かった。

厨房で、夕食の下ごしらえをしていたダニエルに声をかける。

「フランセットがいつものを欲しがってるんだ」

「分かりました。では、坊ちゃん、これを――」

俺はダニエルに渡された水を魔法で冷やして氷を作り、以前に職人に作ってもらった手回しのかき氷機に入れた。

俺がかき氷機のレバーをくるくると回している間に、ダニエルは苺《いちご》のジャムと練乳を合わせてシロップを作ってくれた。

「ありがとう」

シロップも魔法で冷やし、かき氷にかける。

かき氷は魔力があれば簡単に作れた。

「いつも思っていたんですけど、アレン坊ちゃんって、魔力量が多いですよね」

魔法のある世界だが、魔力量には個人差があり、遺伝的に貴族の方が多いとされていた。その中で、俺は平民にしては魔力が多い方だった。

「うん。まあ、魔力は多いけど、攻撃魔法は超苦手だから、戦ったらヨワヨワなんだけどね」

俺の魔法は絵を描くための補助に特化しているような状態だった。これも転生前に設定した能力の影響かもしれない。

でも、絵具の顔料を細かい粒子にするのと同じ魔法でシュガーパウダーを作るみたいなことはできるから、料理にはけっこう応用できていた。

「手伝ってくれてありがとう、ダニエル。フランセットに持っていくよ」

俺は完成したかき氷を持って、すぐにフランセットのいる部屋に戻った。

「やった〜、冷や冷やの、おやつ！」

フランセットは大喜びで、スプーンに山盛りにすくったかき氷を口の中に入れた。

「冷た〜い」

ニコニコのフランセットは、すごい勢いでかき氷を食べた。

冷たいものをあんな速さで食べたら、頭がキーンとなりそうなものだが、フランセットは丈夫だ。

「おいしい、甘い、シャリシャリする」

フランセットは彼女の要望通り大量に作ったかき氷を、ぺろりとお腹《なか》に入れてしまった。

「ありがとう、お兄ちゃん。おかげでちょっと涼しくなった〜」

タプタプのお腹をさすって、フランセットは満足げだ。

「ねえねえ、明日はアイスクリームを食べたいな」

妹は続けて明日の分もおねだりしてきた。

「分かった。今日と同じくらいの時間にできるように、ダニエルに準備しといてもらう」

「わぁ、ありがとう。お兄ちゃん、大好き！」

妹が俺にギュッと抱きついてくる。

夏場は暑いからスキンシップが減ってたんだけど、氷で冷えた分、べったりくっつかれてしまった。

「あ、お兄ちゃんのこと、お菓子が好きだから好きなんじゃないよ。お菓子がなくても大好きなんだからね！」

最後に兄殺しの台詞《せりふ》を無意識に追加すると、妹は部屋を出ていった。

「……ふぅ」

毎度嵐のような妹を見送ると、俺の頭の中に小さな不安が浮かんだ。

「アイツ、あれで大丈夫なんだろうか？」

先日、肖像画を描くために訪問した家の娘さんがフランセットと同じ九歳だったのだけど、ウチの妹よりだいぶ落ち着いていた。九歳の子どもって、実はもう少し精神年齢が高くてもいいらしいのだ。

食い意地、ハイテンション、毎度毎度の兄へのスキンシップ……。

いや、兄へのスキンシップは別にいっか。

ともかく、妹の将来が心配だ。

女の子は成長が早いっていうし、おませな女子たちにフランセットはついていけるのだろうか。

「……なあ、フランセットのこと、どう思う？」

俺は、部屋を片付けに来たメイドのエイミーに聞いてみた。

「どう、とは？　使用人には答えにくい質問ですが……」

と、エイミーは戸惑いがちに聞き返した。

「子どもっぽすぎると思わないか？　九歳の女の子って、もうちょっと大人びてくるものじゃない？」

「いえ、そこまで気にすることはないと思います。まだ九歳ですよ」

エイミーは気を遣っているのか、フランセットの悪口になることは言わなかった。だが——。

「子どもは小さな差に敏感っていうだろ。フランセットが同世代で浮くようになったらどうしよう」

気になるとどんどん心配になってきた。

「いえ、フランセット様の幼さは可愛らしい感じで、そんなに周りから浮くようなことはないですよ」

「いやいやいや。あの子もそろそろ大人びてもいい頃だ。ちょっと対策を考えてみよう」

俺は腕を組んで思案し始めた。

「……身の回りの物を大人っぽい物に変えていけば、自然と気持ちも大人になるんじゃないか?」

例えば前世の子ども時代、小学校から中学校、中学校から高校に上がると、自然と気持ちや態度もそれらしくなっていった。上の学年になるほど、教科書のデザインがシンプルになるし、持ち物も変わっていく。大人っぽい物に囲まれることで、精神年齢も引き上げられるんじゃないだろうか。

「かき氷っていうのも子どもっぽいよな。アイスクリームも、今までお子様向けを与えすぎていたんだ。大人っぽいお菓子を与える方がいいな。——決めた! まずは、大人向けのお菓子を用意するぞ!」

フランセットがいつも俺にねだってくるお菓子なら、俺の裁量で変えやすいもんな。

「大人向けのお菓子? 何ですか、それは?」

エイミーが怪訝《けげん》そうに俺を見た。

「大人向けのお菓子……そうだなぁ。酒類を使うとか？　いや、それはダニエルがすでにときどきアルコールを飛ばしたワインとか使っているか……」

もっとこう、渋みとか苦味とかがあると、大人向けって感じがする。

抹茶はこっちにないし……コーヒーなら……。いや、フランセットは砂糖と牛乳を大量に入れた子ども向けコーヒー牛乳しか飲まない。

……チョコレートはどうだろう？

甘さ控えめのチョコレートって、日本で大人の女性が好んでいた記憶がある。前世のお洒落な街に、どう見ても子どもが入らなそうなチョコレート専門店とかあったもんなぁ。

――ふむ。チョコレートなら、大人の女性が好むイメージだな。

だが、こちらの世界で、俺はチョコレートを見かけたことがなかった。

チョコレートの原料のカカオ豆は熱帯のものだったし、日本よりも涼しいロア王国周辺には植生していないのだろう。

――でも、ついこの間、コーヒー豆は手に入ったし……。

ロア王国では、百年ほど前に人の居住地域の魔物がほぼ駆逐され、さらに近年は、魔物除《よ》けの魔法陣や道具が急速に発達してきていた。

そのため、今まで手に入らなかった遠方の品が、どんどんこの国にもたらされるようになった。

チョコレートがこちらに伝わっている可能性も高い。

――南からコーヒーを仕入れたサブレ伯爵なら、南方との交易に詳しい人を紹介してくれるかもしれない。

俺は、以前にコーヒーの輸入をしていたサブレ伯爵に、連絡を取ってみることにした。

翌日。

俺はサブレ伯爵の馬車で商業区を移動していた。

「急なお願いを聞いていただきありがとうございます、サブレ伯爵」

「いや～。アレン君にはコーヒーの件でお世話になったからね。恩返しができて嬉《うれ》しいよ～」

と、サブレ伯爵はニコニコしながら答えてくれた。彼はコーヒーの輸入で大儲《おおもう》けして、生活にゆとりができたそうだ。

そんなサブレ伯爵に連れられて入ったのは、王都でも有数の商館だった。

「南との交易は突然のトラブルが多くて、関わる商人もピンキリなんだ。その点、これから会う人物は経験豊富で信用できるよ」

と、サブレ伯爵が説明してくれた。

彼と一緒に商館の中に入ると、顔パスで豪華な客室に通された。メイドさんが、サブレ伯爵が仕入れているのと同じコーヒーをテーブルに置いていく。

そして、入れ替わるように館の主人が部屋に入ってきた。

「アレン・ラントペリーさん、ようこそいらっしゃいました。私、この商会の当主をしておりますブリューノと申す者です。我々の輸入するコーヒーを広めていただき、あなたには大変感謝しております。ありがとうございました」

商館の主であるブリューノさんは、客室に入るなり俺にとても丁寧な挨拶をしてきた。

「こちらこそ。おかげで美味しいコーヒーを飲むことができて、感謝しています」

「はは。ありがとうございます」

俺たちのやり取りを、サブレ伯爵はニコニコしながら見ていた。

「――それで、今日来店されたご用件は何で？」

「探し物があって来ました。この、今出していただいたコーヒーによく似た色で、苦味と独特の香りのある食品を探しているんです」

カカオ豆がどんなのかちゃんと覚えてないから、製品の色がコーヒーに似ている程度のことしか分からないのが痛いところだ。

「コーヒーに似た食品ですか。はて……」

ブリューノさんが首を傾《かし》げる。

チョコレートの原料のカカオ豆、どっかで見た気はするんだよなぁ。思い出せ……思い出せ……。

「加工する前は、ちょっと赤みがかった茶か黒色の豆だと思うのですけど……」

「ふむふむ」

「大人っぽいお菓子の材料に使いたいんです」

チョコレートでフランセットを大人にするんだ！

「大人のお菓子！」

ブリューノさんとサブレ伯爵は目を丸くして顔を見合わせた。

「……失礼しました。お探しの物なら、当商会にございます。……そうですね、アレンさんもお年頃。すぐに気づくべきでした」

……ん？

「すぐに、こちらにご試飲できるものをお持ちします」

おお、やった！　それらしいものがあるらしい。

しばらくして運ばれてきたものは、香りを嗅ぐだけで目当ての物だと分かった。

小さなカップの中で揺れる茶色い液体——ココアだ。

懐かしいなぁ。

昔はそんなに好きでもなかったけど、食べられなかった物が食べられるようになると思うと、嬉しくなる。

俺はほほ笑みながらカップに口をつけ——。

「にがっ……」

その液体のあまりの不味《まず》さに舌が痺《しび》れて頭がクラクラした。

このココア、砂糖が全く入ってないぞ。

「ははは……。これでも、ハマる人は好きになって飲み続けられるのですよ。南西大陸で採れるカカオという豆と、いくつかのスパイスをブレンドした特製ドリンクです」

チョコレートとスパイスを混ぜた飲み物？

いったいどうしてそんな取り合わせをしたんだっ!?

「南西大陸の王などは、これを何杯も飲んで、美女を十人同時に寝所へ連れ込んでいたそうです」

へ？　何その逸話……。

「飲みきると活力が湧きますよ。……まあ、昼間から飲むものではないので、今は一口含んでいただければ十分ですが。あんまりな味なので、ご試飲をしていただかずに売るのは不誠実だと思い、ご購入前にお出ししているのです」

ブリューノさんの説明に、

「うん、うん。私も挑戦して、諦めたんだ。効果を考えると、ぜひとも欲しかったのだけどね」

と、サブレ伯爵が言う。

「ははは。最近では貴族男性の方々に口コミで広がり、ご購入される方が増えているんですよ」

うーん、何か、話の流れが変だ。

「えっと、この飲み物は、いったい何として扱われているんですか？」

お菓子だと思われてないみたいだ。出し方と濃さから考えると、遠方の貴重品として、薬扱いなんだろうか。

「カカオという豆を粉にしたチョコレートという飲み物です。南西大陸産で最近密《ひそ》かにブームとなっている、媚薬《びやく》、ですね」

「びやく……」

えええぇ!?

「南大陸や南西大陸との交易は、未知のものがたくさん入ってきて面白いですよ。コーヒーとカカオは、どちらも南の暑い地域で栽培されていて、私はその辺に伝手《つて》を持っているんです。ですが、もっと奥地へ行けば、万病を治すエリクサーのような薬もあるそうです」

チョコレートが媚薬で、さらにエリクサーまで存在するかもって……。ファンタジー世界だからなのか、情報の伝わり方がカオスだなぁ。

「まあ……それだけに怪しい商品も多いのですが。ウチは大手商会として、危険な商品を仕入れないよう、独自にきっちりと調査しているので、他より安心してお買い物していただけますよ。アレンさんも、何かご入用の際は、ぜひ安全な我がブリューノ商会をご利用ください」

ブリューノさんが営業用スマイルとともに言うと、

「私も、ブリューノ商会のお蔭《かげ》で良い取引をさせてもらっているよ～」

と、サブレ伯爵も頷《うなず》いていた。

隙だらけに見えるサブレ伯爵がなんだかんだ商売をしてこられたのは、付き合う相手を選んでいたからなのかもしれない。

「ありがとうございます。また機会があればぜひ利用させてください。それと、このチョコレートを売っていただけますか?」

「おお、お気に召されたのですか!　ありがとうございます」

俺はブリューノ商会からカカオ豆と、チョコレートドリンクのレシピをもらって家に帰った。


家の厨房で、ダニエルにカカオ豆を見せる。

「見たことのない食品ですね。お菓子の材料にされるのですか？」

「うん」

事前に前世のチョコレートを思い出せるだけ絵に描いて、情報は仕入れておいた。

《チョコレート
カカオ豆を焙煎《ばいせん》し、皮をむいて豆を粉になるまですり潰し、湯煎でじっくり温めて固めれば、一応は固形のチョコレートとなる。市販のチョコレートはこれにさらにカカオバターを加えるなど成分の調整がされている。ただし、水分を添加すると、カカオの油と水分が混ざらず分離してしまうため失敗する。牛乳を加える場合は粉ミルクにする》

チョコレートを作るのは思ったよりややこしそうだった。

色々と工夫する余地があるから、地球では様々なチョコレートメーカーやショコラティエが活躍していたんだろうな。たしか、日本にはチョコレートマニアみたいな人もいたと思う。

まあ、こっちはこっちで、やれるだけやってみよう。

とりあえず、ダニエルに手伝ってもらって、焙煎したカカオ豆の皮をむくところまで済ませた。

すると、処理した豆をダニエルが少しかじって、

「……これは、すごいものですね」

と、何かピンときたみたいだった。

いつもお菓子作りに協力してくれているダニエルの舌は、ずば抜けて鋭敏だ。俺には分からない微調整をして、クオリティーの高いお菓子を作ってくれる。

今回も、細かいところはダニエルに丸投げすることになりそうだ。

でも、材料を扱いやすいように加工するところまでは俺がやる。

「この豆をすごく細かい粉にするんだ。手作業だと大変だから、魔法でいくね」

物質を細かい粉にする魔法は、絵を描くときの顔料の操作でしょっちゅう使っていたので得意だった。

俺はそれを使って、ココアパウダーとココアバターらしきものを作って、ダニエルに託した。

「これでお願い。材料が足りなくなったら、粉砕までは俺がやるから、要望があったら教えてね」

「いえ、坊ちゃんを調理器具みたいに使うのはちょっと……」

「気にしないで。もともと俺が依頼したものだし。それに、俺は平民にしては魔力量が多い方だってダニエルも言ってたよね。一緒に良いものを作ってフランセットを大人にしよう」

「フランセットお嬢様を大人に？」

「ああ。頑張るぞ」

「よく分からないですが、承知しました」

ダニエルと俺の挑戦が始まった。


一カ月後。

完成したチョコレートをフランセットに食べさせようと準備していると、女公爵となったシルヴィアが訪問してきた。

シルヴィアは公爵位の引継ぎで忙しかったらしく、ウチに来るのは久しぶりのことだった。

「ようこそいらっしゃいませ、レヴィントン公爵様」

「ダメ。ここにいる間は、今まで通りただのシルヴィアとして接してよ」

と、彼女は部屋に入るなり俺に念押ししてきた。

「なかなか難しいことを言うね」

俺は頭を掻《か》いた。

客室に入ってきたのは、シルヴィア一人だけだった。

「あれ？　お付きの人たちは？」

いつもシルヴィアには無言の付き人が必ずついてきていたのに。

「私をここまで送って、一旦屋敷に戻ったわよ」

「え、いいの？」

「うん。私、公爵になったし、ぞろぞろ人を連れて歩く必要はなくなったんだ」

シルヴィアはケロリとして言った。

「どういうこと？」

「今まで、この部屋にまで護衛がくっついて来ていたのは、私が未婚の公爵令嬢だったからよ。でも、今の私は当主だから、監視の必要がなくなったの」

そう言って、ふふんと得意げに笑ったシルヴィアと目が合う。

部屋には俺とシルヴィア、二人きりだった。

「……でも、何かトラブルに巻き込まれたらマズいでしょ？」

「私、王都武術大会七位！」

「あーそうだったね。うん、俺じゃ全く敵《かな》わないなぁ……」

俺は首の後ろを掻きながら言った。

シルヴィアは素直に自由を満喫しているのだろう。

部屋に二人きりとはいっても、扉一つ隔てて外にはラントペリー商会の従業員がたくさんいるし、フランセットがいつ「シルヴィア様～」と部屋に乱入してもおかしくないような環境だ。

――そこまでドキドキするようなことじゃないんだけど、今までのシルヴィアが超お嬢様で、箱入り娘だったからなぁ。

「と、とりあえず、座ろうか？」

入り口で立ちっぱなしだと、余計に気まずい。

「うん。でも、ちょっと待ってね」

と言って、シルヴィアは二人きりの部屋で、さらに俺に向かって距離を詰めてきた。

「ちょっと屈《かが》んでもらえる？」

「う……うん」

彼女は俺の首に腕を回すと、銀色の鎖のペンダントを俺に着けた。

シンプルなデザインのアクセサリーだ。銀の鎖に、小さな長方形のチャームがついている。チャームには細かい模様が刻まれていた。飾りと言うより、古い魔法書にありそうな図柄だ。

「はい、じゃあ、次は――」

そのチャームを持って、シルヴィアは俺の知らない古代の魔法言語を唱えた。

彼女の指先に光が集まり、チャームに吸い込まれていく。

光を吸収した後には、さっきと全く変わらないペンダントが俺の首にかかっていた。

「これ、自動防御のアクセサリーなんだ。魔力を含む攻撃――以前にあなたがクレマンにやられたような攻撃をされたときに、自動で結界を張ってくれるの」

「自動防御の魔道具ってこと？」

「そう。希少金属のミスリルで作られた、レヴィントン家の家宝の一つ」

「ええ、そんなの、俺に渡していいの？」

「もちろん。アレンはレヴィントン家にとって大事な人だもの」

「大事な人……」

「磁器の売り上げがどれほどになるか、アレンも商人だから知ってるでしょ？　特に、アレンの絵付けが入った磁器はすごい売れ行きなんだよ」

「あ、うん……」

「だからね、アレン。あなたのことは、絶対に守らなきゃいけないの」

シルヴィアは真剣な顔で俺を見つめて言った。

「……ありがとう」

そうだね。俺が怪我でもして磁器の絵付けができなくなったら、大損害だもんね。

何だろう、ありがたいような、何かガッカリのような。

「そういうわけだから、今後はまた、定期的に会いに来るわ。そのチャームに、魔力を補充しないといけないし」

「補充？」

「魔道具って面倒なのよ。定期的に魔力を補充しないと、どんどん魔力が抜けていっちゃうの」

「へぇ……」

「補充する術式も難しいものだから、私がやるしかないわ。だから、今後も頻繁に会いに来るからね！」

そう言ったシルヴィアの頬《ほお》は少し紅潮していた。

「うん。ありがとう、シルヴィア」

俺たちは席についた。

「今日来てくれた用事って、今のペンダント？」

「うん。あとは適当に、近況でも聞こうかなと」

「あー……それだったら、フランセットも呼んでもいい？」

「フランセットちゃん？　うん、私もフランセットちゃんに会いたい」

「良かった。今日のお菓子がね、フランセットのために前から準備していた新しい大人向けのお菓子なんだ」

「大人向けのお菓子をフランセットちゃんに？　よく分からないけど、アレンの新作お菓子なら私も食べたいな」

「分かった。それじゃあ、フランセットを呼んでくるね」

俺は席を立つと、客間にチョコレートを持ってくるようにダニエルに伝え、フランセットを部屋に連れてきた。

「シルヴィア様〜、お久しぶりです」

フランセットは部屋に入るなり、パタパタとシルヴィアのもとへ走っていった。

「久しぶりだね、フランセットちゃん。元気にしてた？」

「はいっ」

距離感ゼロのフランセットは、シルヴィアにもべったりとくっついた。

「えへへ、シルヴィア様、良いにおい」

フランセットがニカッと笑う。

「もう、フランセットちゃん。クンクンしないでよ」

シルヴィアが嫌がると、妹はわざとらしくクンクン鼻をひくつかせた。

「おい、コラ。フランセット……」

「えー、ヤダヤダ。私、ずっとシルヴィア様に会いたかったんだからね」

フランセットはギュッとシルヴィアに抱きついて、彼女の首筋に顔をくっつけている。

ダメだ。やっぱコイツは早く何とかしないといけない。

フランセットを大人にするんだ！

そんなことを考えていたところに、エイミーが待望のチョコレートを持ってきてくれた。

「これが、新作のお菓子？」

「うん。一カ月以上研究してやっとできたんだよ」

「へぇ。見たことのない質感ね」

改めて考えてみると、女公爵に新作のお菓子を出すって、本来すごくハードルの高いことをしているよなぁ。

シルヴィアがしょっちゅう家に来ていたせいか、俺の感覚も麻痺《まひ》しているのかもしれない。

テーブルには、一口サイズのチ〇ルチョコみたいなチョコレートが、磁器の大皿に上品に盛り付けられていた。

シルヴィアは興味津々にチョコレートを一粒、口元に近づけた。

「香りも独特だわ」

「カカオ豆っていう南西大陸産の食材を使ったお菓子で、チョコレートって言うんだ」

しかし、俺がチョコレートの名を口にすると、急にシルヴィアの動きが止まった。

「……え？」

シルヴィアは、それが危険物であるかのように、慌ててチョコレートを皿に戻した。

「南西大陸のチョコレート……それって……」

シルヴィアの頬がカッと赤くなる。

「夜会で聞いた噂《うわさ》に、最近、チョコレートという媚薬が、貴族男性の間で密かに広まっているっていうのがあったわ。……それを、こんな昼間から堂々と、おやつ感覚で食べる気なの!?」

ありゃ。チョコレートが媚薬だって話、シルヴィアの耳に入るほど広がってたのか。

早めに誤解を解いておいた方がいいな。チョコレートは前世じゃ小学生が嬉々《きき》として食べていたお菓子だ。媚薬のわけがない。

「チョコレートはただのお菓子だよ。この通り、食べても何も起きない……うまっ」

俺はシルヴィアの前でチョコレートを一つ口の中に放り込んだ。

ダニエルが作った固形チョコレートは、俺が前世も含め食べてきたチョコレートで一、二を争う美味さだった。

さすがダニエル。地球にいたら有名ショコラティエになってたかもな。

美味しそうにチョコレートを食べる俺を、ドン引きしながらシルヴィアが見つめる。

「シルヴィアも一つ食べてみてよ。すごく美味しいから」

「そんな……いくらフランクな関係がいいって言ったって……」

シルヴィアは頬を赤くして顔に手を当てた。

「いや、だから、これはお菓子だよ。フランセットに大人っぽいお菓子を食べさせようと思って、ウチの料理人と作ったんだ」

「フランセットちゃんに、大人のお菓子!? ア……アレン、実の妹に何考えてんの!」

赤かったシルヴィアの顔が、今度は真っ青になった。

あれ？　なんか誤解が深まっている？

「……だから、媚薬じゃないって……」

変態を見るように蔑んだ眼差《まなざ》しを俺に向けるシルヴィアは、何度言っても聞いてくれなかった。

「んー。おしゃべり長いよ。私、早くお菓子が食べたい！」

睨《にら》み合《あ》う俺たちに痺れを切らして、フランセットが皿の上のチョコレートを取ろうとする。

「ダメッ！　これは食べてはいけないものなのっ！」

シルヴィアがすごい剣幕でフランセットを遮った。

「シルヴィア！」

俺もちょっとムカついてきた。

せっかく頑張って作った美味しいお菓子を、食べもせずにここまで否定されると腹が立ってくる。

「一つくらい食べてから言ってよ。シルヴィア、これは俺がダニエルと何度も試作を繰り返してやっと作ったお菓子なんだからね！」

俺は少し興奮して口調を荒らげて言ってしまった。

「私が……食べる？」

俺の剣幕に、シルヴィアの肩がピクリと揺れた。

「うん。食べてよ」

俺はチョコレートを一欠けら持って立ち上がり、ソファーに座るシルヴィアに近づいた。

「……あなたは恩人だし、大事な人だわ。でも……そんな」

目の前でチョコレートを突き出す俺から、彼女は目を逸《そ》らす。

「食べてよ、シルヴィア」

俺はそのまま強引にシルヴィアの口の中にチョコレートを含ませた。

「はふ……甘……」

シルヴィアは頬を赤く染めて瞳を潤ませた。

……あれぇ、何か変だぞ？

「うぅ……甘い、媚薬……」

体重をソファーに預け、身を守るように両腕を胸の前で交差させ、シルヴィアはぐったりとしている。

——だから、媚薬じゃないっ、媚薬じゃないって！

彼女はチョコレートを媚薬だと思い込んでいた。

そういえば、前世のテレビで、嘘《うそ》の薬でも薬だと思い込んでいると効果が出ることがあるって、聞いたことがあったな。たしか、プラシーボ効果って言うんだっけ。

まさか、思い込みでシルヴィアは……!?

どうしよ。

これ、どうやって収拾したらいいんだ?

俺がその場に膝をついて頭を抱えたところで、部屋に間の抜けた声が響いた。

「二人とも、何やってるの〜?　早く食べないと、私がお菓子独り占めにしちゃうよ?」

フランセットは俺たちが見ていない隙を突いて、大量のチョコレートを口の中に放り込んでいた。

リスみたいな口でチョコレートをモグモグしている。

「フランセット、お前っ、食い方……」

「美味しい。これ、めちゃくちゃ美味しいね〜。人生で一番美味しいお菓子かも〜」

瞳をキラキラさせ、バクバクとテーブルの上のチョコレート菓子をむさぼり食う妹。

「フ……フランセットちゃんっ。それは、媚薬、媚薬なのよ。そんなにたくさん食べたら、あぁっ」

我に返ったシルヴィアは、目の前の光景をこの世の終わりみたいな顔で見て絶叫した。

「びやくぅ?　何それ、美味しいの?」

コテンと首を傾げつつ、フランセットは食べる手を止めない。

「だから、チョコレートは媚薬じゃないって。フランセットを見てよ。全然平気そうだろ」

信じられないことに、フランセットはテーブルの上にあった大量のチョコレートを、一人で食べきりそうな勢いだった。慌てて皿を取り上げる。

「ぶ〜。もっと食べたかったのに。でも、美味しかった！　お兄ちゃん、今度、地域の音楽会に行くときにもこのお菓子作って。お友だちにも食べさせてあげたいの」

「分かった、いいよ。ダニエルに言っておく」

「ありがとう。お兄ちゃん、だーい好きっ！」

そう言ってニカッと笑うフランセットは、やっぱり子どもっぽかった。


その後、落ち着いたシルヴィアに、チョコレートは媚薬でないことをもう一度説明して理解してもらった。

後日、俺はこんな誤解は二度とご免だとばかりに、チョコレートを各所で配りまくった。

以前コーヒーを広めるために開いたカフェやバルバストル侯爵の集会などに持っていくと、チョコレートはすぐに注目を集めるようになった。

需要が増えたことで、チョコレートを販売したいという事業者も多く現れた。そして、その頃にはチョコレートを媚薬だと思う人はいなくなっていた。

やがて、チョコレート専門の工房が建てられ、ロア王国に一つの新しい産業が誕生するのだった。

2 拗《す》ねる女王陛下

以前の夜会で話題になった、俺が女王陛下の肖像画を描くという依頼は、彼女の多忙さから予定の決まらないままになっていた。そんな折、バルバストル侯爵がウチの店を訪れた。

「女王陛下のことで相談があるんだ」

接客に出た俺に向かって、侯爵はそう言った。

「以前おっしゃっていた肖像画のことですか？」

「いや、それとは別件だ。陛下に献上する美味《おい》しいチョコレートを用意してほしい」

バルバストル侯爵は、どうやら女王様のためにチョコレートを買いに来たらしい。

「陛下にチョコレートを？　それは大変名誉なことですね」

最近、チョコレートは王都で大流行していたから、女王陛下も興味を持ったのだろうか。

でも、何でわざわざ侯爵が買いに来たんだろう？

不思議に思って侯爵を見ると、彼はどこか疲れた雰囲気でボソリと呟《つぶや》いた。

「陛下が拗ねてしまわれた」

「……拗ねる？」

国の最高権力者が拗ねるのか？

「ああ。陛下を元気づけるのに、最近君の店から流行の広がったチョコレートのことを思い出したんだ」

「そうですか……」

たしかに、前世の同僚にも仕事で疲れたときにチョコレートを食べている人はいたな。でも、拗ねる陛下にチョコレートって、子どもじゃないんだから……いや、陛下はまだ十七歳だから、それでいいのかなぁ。

「では、お勧めのチョコレートを見繕ってお持ちしますね」

「よろしく頼む。できればそのチョコレートを陛下に届けるところまで、ついてきてほしい」

「……？　かしこまりました」

王宮に行けってことか？　まあ、女王陛下ともなれば、生産者の顔が見えないものは口にしないのかもしれない。

俺は選んだチョコレートを丁寧に包装し、仕上げに絹のリボンをかけた。

「こちらでよろしいですか？」

「うん、ありがとう。それじゃあ、行こうか。知恵者の君がいれば百人力だ」

ニコニコとほほ笑んだバルバストル侯爵は、チョコレートの箱を持った俺を馬車に押し込んだ。

そしてそのまま、馬車は王都を離れていった。

――ちょっ……どういうことだよっ!?

馬車は王都から東へ東へと進んでいった。

途中、バルバストル侯爵の知り合いの貴族の館で一泊して、たどり着いたのは王国の東にある交易都市ゴルドウェイだった。

街中に入ると、馬車の進みがゆっくりになった。

歩道と車道の分離が曖昧なまま多くの人や馬車でごった返す都市では、馬車の前を人がひょいひょいと横切っていた。……怖くないのだろうか。

「……こんなところに女王陛下がいらっしゃるのですか？」

今も商人たちの値段交渉なのか喧嘩《けんか》なのか分からない怒鳴り声が響いてくる通りを移動しながら、俺はバルバストル侯爵に尋ねた。

「ああ。ここで数日前まで重要な会議が開かれていてね。それに陛下も参加なさっていたんだ」

と、侯爵は答えた。

地方都市での会議。そこで何かがあって女王陛下が拗ねたのか？

よく分からないまま喧騒の中を通り抜けて、俺たちは街の中央の立派な屋敷の前に到着した。

この屋敷に女王陛下が滞在中だそうだ。

屋敷の中は、街の騒がしさが嘘《うそ》のように静かで無駄な物がなく、掃除が行き届いていた。

「陛下が宿泊される場所は、専用の使用人が事前に徹底して準備しておくんだ」

「すごいですね」

さすが国のトップだ。仕えるる使用人のレベルも高いんだろうなぁ。

「それじゃあ、さっそく陛下に謁見しようか」

「え、ちょっと、心の準備が……」

「大丈夫、大丈夫」

俺はバルバストル侯爵に引っ張られて、そのまま女王陛下の部屋へと向かうことになった。

「失礼します。陛下、バルバストルでございます」

部屋に入ると、中央に置かれたソファーで、小柄な少女がクマの縫いぐるみを抱えて丸くなっていた。

「……おう、バルバストル侯。すまぬのう、結局、そなたに来てもらうことになった」

女王陛下は元気のない表情でちらりとバルバストル侯爵を見ると、蚊の鳴くような声で呟いた。

「いえ、侯爵家の用事で大事な会議に付き添えず、申し訳ございませんでした」

返事をしながら侯爵は陛下が座るソファーまで歩いていくと、後ろに従う俺からチョコレートの箱を受け取った。

「王都からの手土産《てみやげ》、チョコレートという菓子です。どうぞお召し上がりください」

と、箱を開けて中を見せながらバルバストル侯爵は言った。

侯爵、陛下に直接食べ物を渡せるほどに信頼されてるんだな。

「ふむ。良い香りの菓子じゃな。しかし、余は今、食欲などないのじゃ」

女王陛下はチョコレートを一瞥《いちべつ》しただけで視線を外し、クマの縫いぐるみの腹に顔をうずめた。

本当に子どもが拗ねてるみたいな仕草だ。

「そうおっしゃらず。これは、一緒に来ておりますアレン・ラントペリーが王都で流行《はや》らせた菓子なのです。王都民は皆このチョコレートを手に入れるためにラントペリーの店に行列を作っているのですよ」

「そうなのか？　……ふむ。国民の好む物を知ることも、女王として大切な仕事じゃったな。では一ついただこう」

と言って、女王陛下は箱の中のチョコを一つつまんで口の中に入れた。

「はふっ……!?」

チョコを食べた瞬間、陛下は目を見開き、瞳をキラキラと輝かせた。

「こ……これは、なんたる美味っ！」

そのまま、陛下はチョコをもう一つ、さらに一つと次々に口の中に放り込んでいった。

「美味《うま》いぞ、これは。ラントペリーよ、お手柄であるな。このような美味なるものを我が国民が口にできるとは、僥倖《ぎょうこう》であるぞ」

目をキラキラさせて、女王陛下はチョコレートをむしゃむしゃと食べる。

……フランセットの子どもっぽさを心配する必要は、どうやらなかったようだ。十七歳の女王陛下がこのように可愛《かわい》らしいんだ。九歳のフランセットがあんな感じであることに、何の問題もない。

「はうぅ。良き品であった。良い仕事をしたな、ラントペリー」

「ははっ。ありがとうございます」

拗ねていた陛下は、チョコレートの箱一つでご機嫌を直してしまった。

「お元気になられたようで良かったです、陛下」

「む……心配をかけてすまなかったな、バルバストル侯」

ひとまずチョコレートを持参したことで陛下の気持ちは浮上したみたいだけど、そもそも何で陛下は拗ねていたんだろうか。わざわざ俺を東の都市まで連れてきたんだ。バルバストル侯爵はこの問題に俺を関わらせたかったのだろうけど、事情を聞いてもいいのかな？

俺は疑問を含んだ表情でバルバストル侯爵の方を見た。

彼はそれに気づいて、

「このように、チョコレートや磁器の開発に携わるなど、アレン・ラントペリーは知恵者です。彼とともに状況を整理させていただけますか？」

と、女王陛下に向かって言った。

「むむむ……。そうであるな」

女王陛下は侯爵に同意するも、話しにくそうだった。

「あの、よろしければついでに、以前にご依頼のあった陛下の肖像画を描くためのデッサンをしていてもよろしいでしょうか？」

俺は持ってきていた小さなスケッチブックを取り出して陛下に尋ねてみた。

陛下を絵に描いて〈神眼〉を使った方が、事情をすぐに摑《つか》めるだろう。

「ああ、構わないが……気を抜いていて化粧もなにもしておらぬので、少々恥ずかしいのう」

「陛下の特徴を把握するための練習画ですので、どこにも公開はいたしません。気になるようなら、このスケッチブックはここに置いていきますので」

「そうか？　まあ、公開されないなら何でもよいぞ」

俺はスケッチブックに女王陛下の絵を描き出した。

その前で、陛下とバルバストル侯爵が話を進める。

「重要な会議と私の侯爵家の用事が重なり、陛下についていくことができず申し訳ありませんでした」

「気にせずともよい……と言いたいところじゃが、そなたがおらぬ隙を突かれたな」

「交渉は難航しているのですか？」

「……いや、交渉自体は、ワイト公爵がうまくまとめてくれそうじゃよ。余を除《の》け者《もの》にな」

女王陛下の言葉に、バルバストル侯爵は眉根を寄せた。

重要な会議で、ワイト公爵という貴族が、女王陛下を不愉快にする行動を取った。それで、女王陛下が拗ねたってことみたいだな。

などと考えている間に、陛下の似顔絵が一枚描けた。

俺はすぐに〈メモ帳〉を開いて、鑑定結果を確認した。

《エスメラルダ・スタイナー　十七歳　女王
ロア王国スタイナー朝の女王。語学に堪能で十カ国語以上を操る。才女だが性格が素直すぎるため、海千山千の貴族相手に苦戦している。現在、貴族派のワイト公爵と、国王派の女王・バルバストル侯爵とで対立がある》

うん。鑑定結果にも、ワイト公爵と女王陛下の対立のことが書かれている。……しかも、どうやら女王陛下の方が分が悪いみたいだ。

国王って国の最高権力者のはずだけど、貴族の方が優位なのか。

若い国王ゆえに起こる権力のひずみ。

場合によっては、相当厄介なことを知ってしまったのかもしれない。


女王陛下の部屋を退出すると、バルバストル侯爵は屋敷の中の小さな会議室に俺を連れて入った。

そこで、さらに詳しい話を聞く。

「三日前に、ここゴルドウェイで交易のルールを決める会議があったんだ」

「はい」

「会議には、外国の商人や外交官、王国内に住む少数民族なども集まっていた。東の交易ルートはね、昔は魔物によって遮られていたんだ。それが二十年前に魔物の討伐を完了して、急に人の往来が盛んになった」

様々な国の商人や少数民族が集まって、ゴルドウェイは国際交易都市になっていった。

「交易は儲《もう》かるからね。人がどんどん集まるようになった。でも、共通のルールがないから混乱して大変なんだ。ここに来るまでの道も、ごちゃごちゃしててうるさかっただろう？」

「そうですね。それで、ルールを決める会議が開かれたわけですね」

「うん。で、会議には言葉もろくに通じない国や種族の代表が集まったんだけど、幸いなことに、女王陛下は語学に長《た》けた方だ。会議で話されていた全ての言語を、陛下は聞き取れたそうだ」

「それはすごい」

俺の〈神眼〉の鑑定でも、語学に堪能な才女って書かれていたもんな。

女王陛下、見た目は子どもっぽいけど、頭は良いらしい。

「だが、それが裏目に出た。素直な性格の陛下は、思ってることが顔に出てしまうタイプ。議論が紛糾したとき、その陛下が真っ先に相手の言葉を理解してしまい、周囲の文官のフォローが追いつかないまま、こちらの思惑を表情に出されてしまったそうだ」

「ありゃ……」

本来は長所であるはずの言語能力が仇《あだ》となったのか。

「それをワイト公爵に、人目につく場で非難されてしまってな。陛下は政治が下手《へた》だとまで言われたそうだ」

「なんと！　そのような侮辱を陛下に向かって……」

国王を目の前で罵るとは。――いや、それで罵られっぱなしになったのか。まずいな。

「同じ国王と言っても、代によって持てる権力の大きさは違ってくる。今代の若い陛下の力は弱く、相対的に貴族の発言力が強くなっていた。ワイト公爵は陛下に政治能力が低いというレッテルを貼って、国王の権力を削ろうとしてきているんだ」

「……なるほど」

素直な陛下が腹黒い貴族にいいように封じられてしまったのか。

「会議で陛下が失態を招いたのは事実だ。それを広めることで、貴族派の連中は、陛下を直接政治に関わらせず、有力貴族たちで国を動かす方が良いという流れに持っていきたいのだろうな」

「このまま放置はできないですね」

「ああ。悪いイメージを払拭するために、陛下が有能であると示したい。何としても陛下の実績を作る」

「実績?」

「例えば、この交易都市の税収を陛下の政策で大きく増やすとか」

「できるのですか?」

「陛下にそれらしい政策を発表していただき、その後、他所《よそ》から資金を持ってきてこちらの税収として計上すればいい」

と、バルバストル侯爵は平然と言い切った。

だが、それって――。

「……ズルじゃないですか」

俺は眉間にできた皺《しわ》を指先でほぐしながら言った。

「ああ。しかし、このまま陛下に政治下手のレッテルが貼られるよりはマシだ」

「それは、そうですけど……」

成果を作るって、なーんか前世の日本のお偉いさんを思い出して、微妙な気分にさせられるんだよな。ああいう人たちって、「私の就任時に○○をやった」と言うためだけに何か変えたがるじゃないか。そのせいで現場が振り回されて疲弊するっていう。

……とはいえ、十七歳の若い女王陛下の統治期間は多分これから相当長い。出だしで躓《つまず》かせると長く尾を引く問題になるかもしれない。

国王の力が弱いと、国全体が不安定になる恐れもある。そう考えると、バルバストル侯爵が言う通り、女王陛下に何か実績を作って巻き返しておいた方がいい。

「成果を取り繕うのは最後の手段ってことで、まずは実際に効果のありそうなアイデアを考えてみませんか？」

「そうだな。本当に民のためになることをするのが最善だ。知恵者の君ならそういう方策を思いつくのかもしれないね」

と、感心したようにバルバストル侯爵は言った。

「ご期待に沿えるかは分かりませんが、街を回って何か考えてみようと思います」

やり手の侯爵様を満足させられるような提案をする自信はないけど、まあ、小さいことでも積み重ねれば成果になるだろうし、俺もできるだけ協力してみよう。

「街を歩くのか。なるほど、そういう基本的なことをおろそかにしてはいけなかったね。私もご一緒してもいいかな」

「はい」

そういうわけで、俺はバルバストル侯爵と一緒にゴルドウェイの街を見て回ることになった。

* * *

街は人でごった返していた。

少数民族らしき見慣れない格好の人々や、俺の故郷でもある東の国の商人らしき人もいる。

「賑《にぎ》わっていますね」

「二十年ほど前に魔物の討伐が完了して、それまで持ち込めなかった商品の流通ができるようになったからね。たくさんの人が、このゴルドウェイに期待しているんだと思うよ」

と、同行するバルバストル侯爵が言った。

今日は彼と付き添いの文官さん、護衛の人とでゴルドウェイの街を歩いて回っていた。

「そうですね。ラントペリー商会がロア王国に本格的に進出できたのも、交易路が安定したからでした」

「ああ、君の家は東の国の出身だったね」

「はい」

昔の交易は魔物を避けて商品を運んでいたから、今よりずっと大変だったそうだ。それが、近年魔物の討伐が終わって安全に移動できるようになった。結果、諸外国や少数民族との交易が盛んになり、商業が急速に発展していた。

「交易で国が豊かになるのは良いことですけど、この街は何だかカオスって感じがしますね」

街はとにかく騒々しかった。

今思い返すと、日本の都市ってものすごく整然としていたんだな。

こっちはもっとごちゃごちゃして、まとまりがない感じだ。

「国外から商人が来て税収が増えるのはありがたいのですが、言葉の通じない者の行き来が多くなって、トラブルも増えました」

と、案内役の文官さんが説明してくれる。その横で――。

「ちょっと、お前、そこはトイレじゃないって言ってんだろ！」

と、大声で叫ぶ商人の声が響いてきた。

「……たしかに、色々と大変そうだね」

侯爵が苦笑いしている。

「言葉が通じなくて困っている者が詐欺に遭ったり、値段交渉で勘違いが起きてトラブルになったり、何かと混乱が起きやすいです」

「なるほどね。各所に多言語で表記した案内板を立てるとか、対策してみたらどうだい？」

「それもやってはいますが、文字を読めない者もいるので。それに、色々な言語で書くとどうしても字が小さくなって、目立たないようでした」

歩きながら侯爵と文官さんの会話を聞く。

文字の看板を立てても役に立たなかったのか。

それなら、分かりやすい絵で説明するとか……。あ、それこそ、俺の出番だな。


屋敷に戻ると、俺はバルバストル侯爵に頼んで、女王陛下と話す機会を作ってもらった。

「ゴルドウェイの街を見て回って気になることがあったので、私なりに改善案を考えてみました」

俺はスケッチブック片手に女王陛下に提案する。

「ほほう。画家のラントペリーが考える街の改善案か。興味深いな。続けるがよい」

「それでは――」

俺はスケッチブックを開いて、陛下に一枚の絵を見せた。

「……なんじゃこれはっ!?」

絵を見た陛下は、露骨に表情を歪《ゆが》めた。

だが、気にせず俺は話を続ける。

「私が街を歩いておりましたところ、言葉の通じない外国人や少数民族が苦労している様子がしばしば目に留まりました。彼らのために、分かりやすい絵で街の案内を描いてあげたいと考えました」

「……ふ、ふむ。その志は立派ぞ。して、この絵は何なのじゃ」

「トイレの案内板です。やはり、不案内な土地では、トイレに一番困ると思いますので」

俺のスケッチブックには、大便をしている人のリアルな絵が描かれていた。

「……阿呆《あほう》かっ！　こんな看板が街の目立つところにあったら旅人どもがドン引きじゃっ。余の王国がへんたいのっ、へんったいの国だと思われるではないかっ！」

女王陛下は独特なイントネーションで変態を連呼して、俺のスケッチブックを放り投げた。

「し……しかし、言葉の通じない者に分かりやすくするには、リアルに描く方がよいのでは？」

「そもそもじゃ、線の多いリアルな絵は、遠目から見たときに何が描いてあるのか分かりにくいぞ。それではお主の意図した役目も果たせぬじゃろう」

「ああ、たしかに、その通りですね！　さすがは陛下、すぐに私の絵の問題点に気づかれるとはっ！」

「うむ？　まあ、余は多くの言語に精通しておるからのう。ラントペリーには分からぬことも見えるのかもしれぬ。どれ、お主の案を実現するための方法を、ちと考えてみるか」

女王陛下はプリプリ怒りつつも、俺の絵をどう直せばよいかを考え始めた。

その様子にしめしめと思いつつ、俺は彼女との会話を続けた。

「……お主の絵はうまいが、単純なことを伝えるのには向かぬ。看板なら、もっとシンプルな絵の方が目立つじゃろう」

「なるほど、陛下のおっしゃる通りでございます」

陛下を誘導しようとヨイショする俺を、同席するバルバストル侯爵が微妙な顔で見ていた。

そんな顔しちゃダメだぞ。陛下がノってきてるんだから。

これは陛下の実績を作るアイデアだ。彼女が本気で携わっていることが大事なのだ。

「トイレというのはだいたいが水場じゃ。水と人のシルエットでも描けばよい」

「それでは、このようなものは――」

俺はさっきよりもシンプルにした絵を描いて陛下に見せた。

「良くなってきたな。じゃが、色を使えばもっと伝わりやすくなるぞ」

「そうですね。さすがは女王陛下です。では――」

俺は陛下の言葉に従いながら、徐々にイラストを単純化していった。

俺が狙っているのは、前世でいうピクトグラムを作ることだ。

ピクトグラムは、単純化した絵で意味を伝えるものだ。非常口や車椅子のマークなどは、日本のいたるところで使われていた。

簡単なイラストで、言葉の違う人々に同じ意味を伝える。そんな標識を、こっちの世界の慣習に合わせて作ろうと思う。

「……これで主要三国の商人には伝わるであろうな。しかし、少数民族には――」

いつしか真剣にピクトグラムの制作に取り組み出した陛下は、的確なアイデアをどんどん出してくれた。

〈神眼〉による鑑定で言語能力に優れると書かれていた女王陛下は、期待通り、この問題を考えるのに向いた頭脳をしていた。

「なかなか良くなってきたな。後は実際に置いてみて、民の反応を見て改良していくのがよいじゃろう」

「そうですね。さっそく手配してみます」

女王陛下と俺がアイデアを出し合ってできあがったピクトグラムは、バルバストル侯爵と文官たちに渡され、次々と街の各所に設置されていった。

道案内のものや、売買交渉でよく使われるパターンなど、使えそうな図はどんどん試した。

そうして、ピクトグラムが普及するにつれ、ゴルドウェイの街の混乱は、次第に減少していくのだった。


王都の街を馬車で揺られて、王宮を目指す。

通りには、たくさんのピクトグラムの標識が設置されていた。

俺と女王陛下が作ったこちらの世界オリジナルのピクトグラムは、ゴルドウェイの街で有用性が示されると、王国各地に次々と設置されていった。

さらに、先の話にはなるが、ロア王国に来た外国人から情報が広がり、やがてピクトグラムは中央大陸一帯で共通して使われるようになる。

それは、開発に携わった女王陛下の名前から、エスメラルダ標識と呼ばれるようになり、陛下の名前は大陸中で知られるようになるのだった。


「アレン・ラントペリー、よく来たな。待っておったぞ」

大きなキャンバスの置かれた部屋で、俺を迎え入れた女王陛下は自信に満ちあふれた表情をしていた。

「本日は陛下の肖像画を描かせていただけること、光栄に存じます」

「うむ。よろしく頼むぞ」

俺は、以前から依頼されていた女王陛下の肖像画を描きに、王宮まで来ていた。

陛下は肖像画のために、大きなダイアモンドの輝く王冠を、白に近いプラチナブロンドの頭に載っけている。

純白のドレスに赤いマント。色素の薄い女王陛下が白いドレスを着ると、人間離れして妖精みたいだった。

「画材は揃《そろ》えてあります。どうぞこちらへ」

執事っぽい人に促されて、俺はキャンバスの前まで進み出た。

「でっか……」

キャンバスは俺の背丈よりも大きかった。

近くに脚立が用意されている。脚立を使って描けってことか。

──うーん……。

人を一人描くだけには大きすぎるキャンバス。

わざわざこんなものが用意されたのには、もちろん、理由があるはずだ。

──イメージ戦略ってことかな。

大きなキャンバスは、単純に考えると、描かれた女王陛下を偉大に見せるためのものだろう。

先日のゴルドウェイでの一件を思い出す。

あのときは、貴族派たちが女王陛下に政治的無能のレッテルを貼ろうとしていた。そうして陛下を国政に関われなくさせて、自分たちで好き勝手に国を動かそうと考えていたのだろう。

ゴルドウェイでは、女王陛下のネガティブな評価を塗り替えるために働いた。

一方、今回の肖像画は攻めのイメージ戦略と言える。

この肖像画は、ただ記録用に女王陛下の姿を描けばよいものとは違う。陛下の素晴らしいイメージを、見る人に伝えることを期待されているのだ。

──さて、どうしようか……。

目の前の白くて華奢《きゃしゃ》な少女に、王としての威厳を見出《みいだ》すための肖像画。

でも、露骨に嘘をついてもいけない。あんまりな嘘は、見た人の失笑を買ってしまう。

──まあ、やれるだけやるか。

巨大なキャンバスは、速筆の俺でも制作にかなりの時間を要した。

その間、王宮に通うことになって、俺は宮殿の裏口の守衛さんと顔見知りになってしまった。

そんなこんなで一カ月、脚立に乗って女王陛下の肖像画を描き続けた。
その結果――。

「はわわ……何という美しさ。これは妖精か？　天使か？」

「いえ、エスメラルダ女王陛下です」

「ラントペリー！　おぬしっ、おぬしぃぃぃっ！」

自分の巨大な肖像画を前に、女王陛下は顔を覆って頰《ほお》を赤く染めた。

「素晴らしい肖像画です。陛下をそっくりに、写実的に描きながら、それでいて、最も美しい陛下を引き出しています」

と、同じく完成した肖像画を見に来ていたバルバストル侯爵が言った。

絵の中の女王陛下は、純白のドレスと真珠をまとった神々しい姿。観《み》る者に、真摯に国のことを考える清らかな女王の印象を与える。

「余は、こんなに美人であったか……」

肖像画の前で、女王陛下はうっとりと嘆息した。

「はい。そして、アレン・ラントペリーは優秀です。ただ肖像画を描けばいいだけでないことを理解していたのです」

バルバストル侯爵は、俺が絵の中に込めた意図を見抜いていた。

俺の絵は、華奢で真っ白な少女が持つ、王の品位と神性を強調していたのだ。

「そうであるな。才ある者は適切に評価すべきであろう。――アレン・ラントペリー、そなたに宮廷画家の地位を与える！」

女王陛下が宣言した。

――宮廷画家？

いや、すごいけど。それって、商会の跡取り息子をやりながらできる役職なのか？

「……そう身構えるな。余がそなたのパトロンとなり地位を保障するという称号じゃが、決まった仕事があるわけではない。もちろん今後、個別に依頼することはあるだろうが、それはそのときどきで交渉する」

おお。名誉としての称号ってことかな。それを、褒美としていただけるようだ。

「ありがとうございます。今後は宮廷画家の称号に恥じぬように精進してまいります」

「うむ。今後も王国の歴史に名を残すような作品を作れるよう、励むがよい」

「ははっ」

巨大な肖像画の前で、俺は陛下に向かって恭しく拝礼した。


後日。

俺の描いた女王陛下の肖像画は、城のエントランスの最も目立つ位置に飾られた。

絵の中の女王陛下は高潔で美しく、来訪者を見下ろす。

王宮を訪れた者は皆、まず肖像画の女王の偉大な姿に感嘆することになるのだった。

第4章

縁結びの画家

1 お見合い肖像画

「それじゃあ、これで君は正式に宮廷画家として登録されたよ」

ロア王国王宮。バルバストル侯爵の執務室。

女王陛下から宮廷画家の称号をもらって、一週間が経《た》った。

もろもろの手続きを終えて、俺は正式に宮廷画家としての特典を受け取れるらしい。

「宮廷画家は廷臣として、宮殿内に部屋を持つ。君の部屋も用意してあるよ」

「……お城に住めってことですか？」

王宮には千室以上の部屋があるそうだ。

王様のお気に入りの貴族や文化人は、通常そこで暮らしている。

——地価の高い都心部で高級マンションにタダで住めるようなものだな。でも……気を遣うよな。

今生はとってもありがたい持ち家組なので、城に住めと言われても大変なだけなのだった。

「普通の宮廷画家は、宮殿に住んで常に国王に仕えるものなんだ。でも、君の場合は商会の仕事もあるからね。その辺の事情はちゃんと考慮している。部屋はあるけど、使う使わないは君の自由でいいよ」

「ありがとうございます、バルバストル侯爵」

一回くらい泊まってみようかな。宮殿暮らしなんて滅多《めった》にできることじゃないだろうし。

女王陛下が俺の事情を考慮してくれたので、生活は今まで通りでいいようだ。

たまに王宮からの依頼を受ければ、後は自由に活動できる。

「さて、せっかくだから、宮殿内を案内してあげようか」

何枚かの書類に俺が署名し終えると、バルバストル侯爵はそう提案してきた。

「いいんですか？　お忙しいのに、バルバストル侯爵」

「私の気分転換にもなるし、書類仕事が続くときは、散歩をはさむようにしているんだ」

「なるほど」

そういうわけで、侯爵の散歩兼、俺の王宮見学ツアーが始まった。


「ここが正式なエントランス。まあ、君の絵が飾られている場所だから、知っているよね」

宮殿の正門から入れるのは、地位のある人だけだ。

吹き抜けの広い玄関ホール。中央に大理石の階段があり、手すりの上には堂々とした獅子《しし》の彫刻がある。その階段の踊り場の壁に、巨大な絵が飾られていた。

普段、裏口から宮殿に入る俺には見ることのできない、俺の作品。

肖像画の中の神々しい女王陛下が、宮殿エントランスの一番目立つ位置からこちらを見下ろしていた。

こうやって自分の作品が飾られているのを見ると、感慨深いな。

以前にも見せてもらったことはあったけど、俺はまた自分の目に焼き付けるように、しばらくその肖像画を見つめていた。

「あら？　アレン、こんなところで会うとはね」

ふいに、後ろから声をかけられた。

「シルヴィア……様」

振り返ると、馴染《なじ》みのある顔。

レヴィントン女公爵シルヴィア――当然、彼女は正門から出入りできる人だった。

「これはこれは、レヴィントン公爵。ご無沙汰しております」

「お久しぶりです、バルバストル侯爵。今日はアレンを連れて、どうなさったの？」

バルバストル侯爵がシルヴィアに挨拶して会話が始まるのを、俺は一歩下がった位置で聞いていた。

「彼に、宮殿を案内していたのです」

バルバストル侯爵は俺を指して言った。

「まあ、そうなの。侯爵にガイドしていただけるなんて、贅沢《ぜいたく》ね」

「はい。とても感謝しております」

俺が答えると、シルヴィアは少し考える仕草をして、

「よろしければ、私もその宮殿見学ツアーに参加させていただけないかしら」

と言った。

「レヴィントン公爵がですか？　公爵は幼い頃からよく宮殿に来られていたでしょうから、ご存じのことばかりだと思いますが……」

「いえ。思いがけず公爵位を継ぐことになって、改めて宮殿を見て回りたくなりましたの」

「そうですか。では、ちょうど今始めたところでしたし、一緒に参りましょうか」

バルバストル侯爵が受け入れたので、たまたま所用で宮殿を訪れていたシルヴィアも、一緒に回ることになった。


三人で広い宮殿を歩き回る。

「ここが、よく舞踏会が開かれる大広間だよ」

「すごいシャンデリア……」

ベルサイユ宮殿の鏡の間って感じだろうか。

壁も窓枠も天井も黄金で装飾されていて、そこにクリスタルのキラキラしたシャンデリアがいくつも吊《つ》るされていた。

「天井画……すごいですね」

大広間の天井には、見事な絵画が描かれていた。

たぶんこれは、フレスコ画というやつだ。

前世だと、学校の教科書に載っていたルネサンス期の絵などの多くが、フレスコ画である。

「この天井画は、宮殿の建築時に、外国から呼び寄せた有名画家に依頼したものだよ。ロア王国は美術方面で南方よりも遅れていたから、重要な絵画には外国人が制作したものが多いんだ。でも、今なら君がいる。今後、大規模な建築や改修がなされるときには、君に依頼が来るかもね」

バルバストル侯爵はそう言ってほほ笑んだ。

――天井に描くって、制作過程を考えると大変そうだなぁ。足場を組んで、ずっと上を向いたまま筆をとるわけだし。

でも、たしかに宮廷画家ならそんな依頼が来てもおかしくない。

現代っ子の俺は、絵と言えば額縁に入ったものだと思っていたけど、昔の絵画は壁面に直接描かれる方が主流だった。

ただ、壁画には大きな欠点があって、持ち運びができない。

建物とセットで動かせない絵画は、一度買い取られたらそれっきりなので、絵自体を財産とすることが難しかった。

また、改築や火災など、建物と常に運命を共にすることになる。

そのため、持ち運べる方が何かと都合が良く、前世ではだんだんと額縁に入った絵の方が人気になっていった。

やがて、多くの名画が、国家や金持ちの資産として、世界中を転々と渡っていくようになる。現代では、オークションで一枚の絵画が、小さな会社の年商を軽く超えるような価格で落札されることも珍しくなかった。

良いか悪いかは別として、こっちの世界でも、ちょうど同じような流れになってきていた。

でも、まだ壁画の仕事もある。

持ち主の栄枯盛衰にかかわらず、その場にとどまり続ける壁画――〈弘法筆《こうぼう》を選ばず〉のスキル頼みだけど、いつか描いてみてもいいかもな。

そんなことを考えながら、俺はホールの天井をぐるぐると眺めていた。そのとき――。

「おや。ちょうどよいところに会いたいと思っていた者がいるな」

と、知らない男の声がした。

視線を水平に戻すと、ひときわ豪華な服を着た貴族の男性が立っていた。年齢は五十歳くらい。鷹《たか》のような鋭い眼光を持つ、怖そうな人だ。

「ワイト公爵……このようなところでお会いするとは」

少し気まずそうにバルバストル侯爵が言った。

ワイト公爵？　どこかで聞いたような……。

「ふん。女王陛下の腰巾着のバルバストル侯と違って、私が王宮に来るのは珍しいかもしれんな」

ワイト公爵はどこか棘《とげ》のある言い方で答えた。

バルバストル侯爵とは仲が悪いんだろうか。

――あ、思い出したぞ！

ゴルドウェイで女王陛下を非難した貴族派のトップが、ワイト公爵だ！

なるほど、とても怖そうな雰囲気をまとった人である。

「近頃、夜会に侯爵が来ないので、女性たちが悲しんでいたぞ。バルバストル侯爵は女王陛下だけのものになったのだろうか」

ワイト公爵は言いたい放題に嫌味《いやみ》を言う人らしい。

顔で気に入られて女王に尻尾《しっぽ》振ってんじゃねーよってことかな。

「ありがたいことに、女王陛下には国政の重要な仕事を任されております。私はそれに全力で取り組んでいるだけです」

と、バルバストル侯爵は返した。

この二人はだいぶ仲が悪いようだ。……政敵だもんな。気まずい空気になってしまった。

「――ワイト公爵、ご無沙汰しておりますわ」

どうなるのかと俺がハラハラする中、シルヴィアがワイト公爵に声をかけた。

すると、ワイト公爵の雰囲気が少し柔らかくなる。

「おお、これはこれは、レヴィントン公爵、お久しぶりです」

シルヴィアとワイト公爵の仲は良好みたいだった。

彼女のおかげで、場の空気が普通に戻った。

「セリーヌ様はお元気かしら。またお会いしたいですわ」

「娘に伝えましょう。レヴィントン公爵にそう言っていただければ、セリーヌも喜ぶと思います」

シルヴィアと公爵の娘さんが友だちっぽいな。

ワイト公爵の娘だとシルヴィアと同じくらいの年齢になりそうだし、娘の友人には公爵も優しく接するのか。

「それで、先ほど会いたい者がいるとおっしゃっていましたけど、何かご用かしら？」

シルヴィアが尋ねると、

「ああ、そうだった」

と言って、ワイト公爵はなぜか俺の方を向いた。

「後日、依頼を出そうと思っていたのだが、ここで会えたのならちょうどいい。アレン・ラントペリー、君に用があったのだ」

「私……ですか？」

俺？　ワイト公爵とは全く面識もなかったんだけど……まあ、俺に話しかけるってことは――。

「絵のご依頼でしょうか？」

「そうだ。娘の婚約者の肖像画を頼みたくてな」

やっぱり、肖像画の依頼か。

でも、バルバストル侯爵とワイト公爵の敵対っぷりを見るに、俺がワイト公爵の依頼を受けて大丈夫なのだろうか。

エントランスホールの女王陛下の肖像画は目立っているし、ワイト公爵も知ってるよね。

そう思って返答に困っていると、横からバルバストル侯爵が、

「優れた芸術家は国の財産。君が国内で依頼を受けるのを、女王陛下が止めることはないよ。ワイト公爵も貴族として、芸術家の保護は重要な責務だ。君は気にせず依頼を受けるといい。報酬は弾

んでくれるだろう」

と言った。

「ふん。バルバストル侯は当たり前のことしか言わぬな、凡庸な」

ワイト公爵はムスッとして言った。

まあ、受けても問題ないらしい。……っていうか、貴族派筆頭公爵の依頼なんて、そもそも俺に断れるわけないけどな。

「かしこまりました。ご依頼、ありがとうございます。引き受けさせていただきます」

「そうか。では、詳しい依頼内容を書いた書類を、後日君の家まで届けさせよう。描いてもらいたいのは、娘の婚約者、マクレゴン公爵家嫡男のローデリック公子だ。頼んだぞ」

それだけ言うと、ワイト公爵はさっさとその場を去っていった。

——直情径行、せっかちな人だなぁ。

一方、依頼を受けた俺は混乱していた。

「マクレゴン公爵家？」

また、新しい公爵家が出てきてしまったのだ。

公爵公爵って、こんなに出てきたら公爵のありがたみが目減りしちゃうよ！

……まあ、うちの国に公爵家は四つしかないんだけど。

どうやら俺はその内の三つまでに面識ができそうだった。

でも、何でワイト公爵の依頼で、別の公爵家の人が出てきたんだろう？

「――モデルがマクレゴン公爵家の人で驚いた？」

俺が困惑しているのに気づいて、シルヴィアが話しかけてくれた。

「はい。どうして突然マクレゴン家の公子の名前が……」

「えっとね、お見合い肖像画って知ってる？」

お見合い肖像画？

お見合い写真みたいなものかな？

「昔ね、まだ魔物がたくさんいて、移動が危険だった時代、貴族たちが王都に集まることは滅多になかったの」

「はい」

「それで、縁談が来たときは、肖像画を交換して相手の容姿を確認していたのよ」

「ああ、なるほど」

なんだかんだ結婚相手の容姿は重要だもんな。

写真のない世界だから、代わりに肖像画を使ったんだな。

でも、お見合い相手が肖像画通りの容姿とは限らないんじゃ……。

「それで、お見合い肖像画を送り合う習慣ができたのだけど、例えば、自分の外見に自信のない人が、正直にそのままを画家に描かせると思う？」

「……絶対、美化させますよね」

前世じゃ、写真ですら原型をとどめないほど加工する人もいたんだ。

肖像画がそのまま本人なわけがない。

「で、実際に会ってトラブルが起きる」

うわあ……辛《つら》いな。

「それでね、対策として、肖像画を描く画家を、相手方が選んで雇うことになったの」

「お互いが画家を指名して、相手の肖像画を描かせるってことですか。雇い主が別なら、画家が忖《そん》度《たく》しなくて済むかもしれませんね」

「そういうこと。だから、あなたはワイト公爵令嬢の婚約相手、ローデリック公子の肖像画を描くように依頼されたのよ」

なるほどなあ。

貴族って、色々と紆《う》余《よ》曲《きょく》折《せつ》を経てややこしい習慣を作ってるんだな。

「まあでも、今はみんな簡単に王都に集まれるから、お見合い肖像画の伝統って廃れてるんだけどね」

「そうなのですか？」

「うん。今でもちゃんと肖像画を描かせるなんて、ワイト公爵くらいかもよ」

「へえ……」

伝統を重視する貴族派筆頭らしいな。

そう俺が納得しかけていると、横からバルバストル侯爵が、

「多分、それだけじゃないよ。わざわざ君にお見合い肖像画を描かせるのは、ローデリック公子へ

のご機嫌取りもあるはずだ」

と、付け足してきた。

「ローデリック公子へのご機嫌取り？」

会ったこともない人なんだけど……。

「君が思うより、君の名声は世間に広がっているってことさ。まあ、ローデリック公子に会ってみれば分かるんじゃないか？」

ふうむ。俺の知名度が上がったから、俺が選ばれたってことかな。

「何にしろ、アレン、私からも、よろしくお願いするわ。ワイト公爵の娘のセリーヌ様は、私の友だちなの。彼女のお見合いがうまくいくように、しっかり仕事してきてね」

と、シルヴィアに頼まれる。

「分かりました。精一杯やらせてもらいます」

そういうわけで、俺はロア王国北部のマクレゴン公爵領に、お見合い肖像画を描きに行くことになった。


ローデリック公子は王都にはあまり来ず、領地で暮らしている貴族だった。

「へえ。ローデリック様の肖像画を描きに来られたんですか」

昼過ぎにマクレゴン公爵領に到着して、俺は街の食堂で遅めの昼食をとった。

手の空いた食堂のおばちゃんとお喋《しゃべ》りをする。

「うまく描いてくださいね。あの方は、良い人だから」

おばちゃんは、しみじみと言った。

「ローデリック様ってどんな方か、ご存じですか？」

俺はおばちゃんに尋ねてみた。

これから描くモデルの、市中での評判を知っておくのもいいかもしれない。

「立派な方ですよ。マクレゴン公爵領は工業の盛んな地域なんですけど、彼自身も工学に詳しいんです。ローデリック様が改良した排水ポンプは、王国中の鉱山で使われているんですよ」

「それはすごい」

理系の頭の良い貴族の御曹司か。しかも、あのワイト公爵の娘婿候補。……怖い人じゃないといいなあ。

ドキドキしながら、俺はワイト公爵の紹介状を持ってマクレゴン公爵邸を訪問した。

門番にワイト公爵からの紹介状を見せると、待機室に通された。

しばらくすると、ドタドタと誰かが走ってくる足音が聞こえてきた。

「待っていたよ、サー・アレン・ラントペリー！」

自らドアを開けて現れたのは、縦にも横にも大きくぽっちゃりとした人だった。

彼がマクレゴン公爵家の嫡男、ローデリック様なのだろうか。

「お初にお目にかかります、ローデリック公子。宮廷画家のアレン・ラントペリーでございます」

俺が挨拶すると、

「わあ、本当にまだ若い人だったんだね。すごいや」

と、ローデリック様は嬉《うれ》しそうに言った。

彼の顔は面長で、ちょっとカピバラに似てらっしゃる。……おっと、脳内で不敬罪になってるな。

――とりあえず、怖い人じゃなくて良かった。

ローデリック公子からは、前世のオタク友だちと同じニオイがしていた。

なるほど、彼が俺の絵を気に入っていることを知って、ワイト公爵は俺に肖像画制作の依頼をしたんだな。

「肖像画の前に、ちょっと部屋に来てくれるかな」

親しみやすい雰囲気のローデリック様は、俺を彼の私室に通してくれた。

「これは……」

彼の部屋には、俺が転生してすぐの頃に描いたデュロン劇場の人気女優の絵が飾られていた。

――初期の作品は価値が上がって何度か転売されたって聞いてたけど、まさかこんな大物のところに流れ着いていたのか。

「ラントペリー氏の版画は手に入りやすいけど、油絵は数点しか出ていなかったからね。これを手に入れるのには苦労したよ」

と、ローデリック様は俺の絵を満足げに見ながら言った。

いったいいくらで買ったんだろう。

そういえば、前世で転売ヤーはすごく嫌われていたけど、絵画の世界では転売が普通に行われてるよね。俺の描いた絵は、これからも色んな人の手に渡っていくのかな。

それから、ローデリック様は革張りのアルバムのようなものを数冊取り出した。

「これに、サインが欲しいんだ！」

アルバムの中には、俺が今までにデュロン劇場で販売してきた版画が全て収まっていた。

「すごい。全部集めてくださったのですか！　ありがとうございます」

俺はローデリック様のコレクションアルバムの表紙裏にイラスト付きでサインした。

「ありがとう！　うちの宝物庫で保管して、末代まで家宝にするよ」

嬉々《きき》としてローデリック様は言う。

……オタク貴族はやることが半端ねぇ！

俺のイラストを遺産にされる子孫たちはどう思うんだろう。

そんなことがありつつ、俺はローデリック様のお見合い肖像画の制作に着手した。

ローデリック様を象徴するような難しい本や設計図が並ぶ書斎で、キャンバス越しに彼と向き合う。

モデルとなった彼はソワソワと落ち着かない様子をしていた。

「そんなに緊張せず、リラックスしていてください。何なら、別のお仕事をされながらでも、絵は描けますので」

「うん。……ラントペリー氏に描いてもらえるのは嬉しいんだけど、モデルが僕なのが残念な気がしてきて」

と、ローデリック様はしょんぼりした感じで言った。彼は自分の外見に自信がないみたいだった。

——気にすることないのになぁ。

たしかにローデリック様はぽっちゃりしたインドア派っぽい雰囲気だけど、育ちの良さと清潔感があるから、女性に「かわいい」と言われるタイプだと思う。

「ラントペリー氏に描かれるなら、もっとかっこいい男が良かったなぁ」

そう彼はぼやいた。

かっこいい……か。

こっちの世界のかっこいいは、金髪高身長で強そうな戦士型のマッチョである。貴族は特に、魔物の討伐で名をはせた歴史があるから、今でも強そうな男がモテていた。

ローデリック様は、貴族のかっこいいから大きく外れている。

でも、領地の産業を盛り上げるために、自ら設計図を描けるほど有能だった。

——絵で彼の良さを表現するには、どうしたらいいんだろうな。

見た目を描くだけなら、ステレオタイプのかっこいい人物画の方が見栄《みば》えがする。

でも、そういうのだけを良い絵とは言わない。

――思い出してみると、前世の漫画家さんで、オジサンを描くのがうまい人は画力の評価が高かったよな。

みんな、美少女なら描けるんだ。でも、オジサンをかっこよく描ける人は一握りだ。

ここは、腕の見せ所かもしれない。

ローデリック様は、ステレオタイプなかっこいいとは違うけど、有能で人望のある方だ。そこを表現したいな。

俺はマクレゴン公爵邸に滞在し、気合を入れて肖像画の制作に取り組んでいった。

「これが僕？　ファニーな感じだね」

完成した肖像画を見せると、ローデリック様は第一声でそう言った。

そして、ジッと肖像画を見つめて黙ってしまった。

「貴族の様式美だと、僕でももう少したくましい感じで描かれるものなんだけどなぁ」

しばらくして、そう呟《つぶや》かれる。

「あ、えっと……」

気に入らなかっただろうか？

「何でだろう。僕の良さだってちゃんとあるんだよって、君に言われた気がする」

俺の肖像画には、知的で好奇心旺盛な可愛《かわい》らしさのあるローデリック様が描かれていた。

「すごいなぁ。僕は以前から君の絵が好きだったから、君に嘘《うそ》っぽい僕を描いてもらうのが嫌だったんだけど。君はちゃんと、僕の良さを絵にしてくれたんだね」

そう言って、ローデリック様は満足げに頷《うなず》いた。

良かった。これなら、問題なくこの肖像画をワイト公爵に届けられるだろう。

「ありがとうございます。これで安心してワイト公爵にこのお見合い肖像画をお見せできます」

俺が答えると、しかし、

「ああ、そうか。この絵はワイト公爵が注文したものだから、公爵のところへ行ってしまうのか」

と、ローデリック様は残念そうに言った。

彼は肖像画を手放すのが惜しいらしい。

実は、〈神眼〉で見たローデリック様の鑑定結果でも――。

《ローデリック・マクレゴン　マクレゴン公爵家跡取り　二十四歳
ロア王国北の工業地帯で、父親の領地経営を手伝っている。理工系に特化した頭脳の持ち主。また、かなりのコレクター気質でもある》

と、彼のコレクター気質が指摘されていた。

目の前で描かれた絵を他所《よそ》に持っていかれるのは嫌なんだろうな。

「すみません。ワイト公爵からお見合い肖像画としてご注文いただいた肖像画ですので、そちらにお届けしないといけませんので……」

「ああ、うん。無理を言うつもりはないよ。でも、そうだな。お見合い肖像画っていうのは、僕も注文していいんだよね」

と言って、ローデリック様は両手を合わせてニカッと笑った。

「それは、もちろんです」

「ならさ、僕からも注文するよ。僕の婚約者、ワイト公爵令嬢セリーヌの肖像画、お願いできるかな？」

と、ローデリック様に言われる。

マクレゴン公爵家嫡子からの依頼か。

これも断れない仕事だろうけど、断る気もないな。

これだけ俺の絵を評価してくれる人のために描くのだ。頑張ろう。

「かしこまりました。ご依頼ありがとうございます」

「ありがと。僕の婚約者はとっても美人なんだ。普通のお見合い肖像画じゃつまらないから、君がデュロン劇場の女優さんの肖像画を描いていたときみたいに、彼女の自然な笑顔が描かれているといいな」

「分かりました。ご意向にそえるように努力してみます」

カチッとした肖像画より、ちょっと崩して描いた方が好まれそうだな。

こうして、俺はローデリック公子とセリーヌ公爵令嬢、婚約中の二人両方の肖像画を描くことになった。

「ありがとう。僕、綺麗《きれい》な物を集めるのが好きなんだけど、知らない人と話すのは苦手でさ。ラントペリー商会のことは知っていたんだけど、憧れの画家である君に連絡するのが恥ずかしくてできなかったんだ。でも、これで面識ができたし、これからはときどき絵の注文などすると思うから、よろしくね」

「はい、ありがとうございます」

良いお得意様候補をゲットできたかもしれない。

俺は意気揚々と、ローデリック公子の肖像画を携えて王都へ戻った。

2

ワイン好き令嬢の肖像画

ワイト公爵に依頼の肖像画を届けた後、ローデリック公子からも肖像画の依頼があったことを伝えると、すぐに公爵が都合をつけてセリーヌ様を描く準備が整った。

「お初にお目にかかります、セリーヌ様。宮廷画家のアレン・ラントペリーと申します。今日はよろしくお願いいたします」

俺は必要な画材を持って、王都のワイト公爵邸を訪問し、セリーヌ様に挨拶した。

「ローデリック様直々のご指名だったそうね。アレン・ラントペリー、新進気鋭の人気画家に描いていただけるの、楽しみだわ」

セリーヌ様は真っ直《ます》ぐな黒髪と長い手足を持つ、目鼻立ちのくっきりとした美女だった。

父親のワイト公爵に似て、ちょっと気の強そうな印象だが、そこも彼女の魅力になっている。

「では、さっそく何枚かラフスケッチを描かせてもらいますね」

「ええ、お願いするわ」

年頃の女性を描くのは細かいところまで気を遣う。

今回は何枚かイメージ画を作って、どういう絵が良いか本人と相談しながら仕上げるつもりだ。

貴族派筆頭公爵家のご令嬢のお見合い肖像画で失敗したら、後が怖いもんね。

「それでは、一度くるっと回ってみてもらえますか？　全身のバランスを見たいんです。くるーっとお願いします」

「えっと……」

俺が頼むと、セリーヌ様は気恥ずかしそうに戸惑った表情を見せた。

すると、近くのテーブルから、

「恥ずかしがらなくて大丈夫よ。私も描いてもらう前にやらされたけど、本当に骨格を観察してるだけみたいだから」

と、若い女性の声がした。

シルヴィアだ。

セリーヌ様とシルヴィアは昔からの友だちだそうで、一緒に来てもらっていた。ローデリック公子の依頼が、自然な笑顔の婚約者の肖像画ということだったので、友人と話しているところを描こうと思ったのだ。

「気楽にしていたらいいわ。新進気鋭のやり手なんて言われているけど、アレンは性格が穏やかで、可愛《かわい》いんだから」

と、シルヴィアは人懐っこい笑みで言って、セリーヌ様の緊張をほぐそうとした。……俺の性格が可愛い？　ちょっとシルヴィアを後で二人きりのときに問い詰めておかないと。

「そうなの。噂《うわさ》通り、最近のシルヴィアはアレン・ラントペリーがお気に入りなのね。シルヴィアったら、昔は初心《うぶ》で可愛かったのに、女公爵になるなり才能ある男を侍《はべ》らせて。やるわねぇ」

「あ……それは……」

ボッと、シルヴィアの顔が赤くなる。

二人の会話の主導権は、セリーヌ様が握るみたいだ。

実際、彼女はシルヴィアより二歳年上なので、仲の良いお姉さんという感じなのだろう。

「今日はその辺の話も、じっくり聞かせてもらいたいわね」

「ええっ!? か……彼がいないときに、またね……」

「ふふ、楽しみにしているわ」

笑顔のセリーヌ様は、俺の前でクルリと回ると、近くのテーブル席に座った。

テーブルには、色とりどりの綺麗《きれい》なお菓子が並べられている。

「すごい量のお菓子。これ全部持ってきたの?」

「はい。ラントペリー商会で経営しているカフェから、人気メニューを揃《そろ》えてきました」

女子会にはお菓子が付き物だろうということで、準備してきた。

「ラントペリー商会のカフェね、デュロン劇場の近くにある店でしょ? メイドたちがよく話しているから、一度行ってみたいと思っていたのよ」

お菓子を見てセリーヌ様は嬉《うれ》しそうに声をあげた。

「なら良かった。私のおすすめのお菓子もたくさんあるから、一緒に食べましょ」

「そうね、今日は一緒に太りましょう」

こうして、スケッチブックを持った俺の目の前で、可愛いご令嬢二人の女子会が始まった。

「この黒いお菓子が、ラントペリー商会が流行させたと噂のチョコレートかしら」

セリーヌ様はチョコレートを一つつまんで口に含んだ。

一時は媚薬《びやく》扱いされていたチョコレートだが、今は良家のお嬢様に出しても失礼にならないほど、お菓子として浸透していた。

だが、チョコレートを口にしたセリーヌ様は、急に気難しそうに眉間を寄せた。

「お気に召しませんでしたか？」

恐る恐る尋ねる。

「いいえ。そういうことではないのだけど……これは、難しいわ」

「難しい？」

どゆこと？

「ペアリングがしにくいのよ」

「ペアリング……？」

何だそれ？

「チョコレートに合うワインを選ぶの」

ニッコリとセリーヌ様がほほ笑む。

……お菓子にワイン？

あまり聞いたことがなかった。

でも、そういえばお洒落《しゃれ》な漫画で、イケメンがケーキを食べながらワインを飲んでいたな。そういうことか？

「さすがワイト公爵令嬢。こんなときでもワインですか」

感心したようにシルヴィアが言う。

「ええ。ワイト公爵家では、いつだってワインが必須よ」

と、セリーヌ様は答えた。

そうか！　ワイト公爵領といえば、国内有数のワインの産地だ。

公爵家が運営しているワイナリーのワインは、国で一番の品質だと言われていた。

「ふふ……ちょっと恥ずかしいけど、私の結婚の目的でもあるからね」

と、セリーヌ様は言う。

北部のマクレゴン公爵領はワイン用のブドウが育たない地域だ。そこにワインを売り込めば、良い消費地になるだろう。工業の盛んな北部なら、お金も持っているはずだし。

一方のマクレゴン公爵領にとっても、農業中心のワイト公爵領は、工業製品の良い販売先になる。

なるほど、二人の縁談は、両家の産業にとって重要なことなんだな。

「うーん、このチョコレートに合うのは、少し甘口の白ワインかしら……」

と言って、セリーヌ様が部屋に控えていたメイドを見ると、メイドたちは手際よく主人の前にいくつかのワインのグラスを並べ置いた。

「これだけお菓子があるんだし、六種類くらいは組み合わせたいわね。まずは南部のワイナリーのものから、合わせていこうかしら……」

セリーヌ様は真剣な顔でブツブツとワインの銘柄を呟《つぶや》き出す。

彼女はすごいワインオタクみたいだ。

見るからにオタクっぽいローデリック様と、見た目は派手だけど気質はオタクのセリーヌ様か。

面白い組み合わせだな。

客であるシルヴィアを放って思考に没頭する感じ、好きなことを考え出したら周りが見えなくなるオタク気質を感じた。

その後も、たくさんのお菓子とワインを前に、セリーヌ様は夢中になって組み合わせを考えていた。シルヴィアとの会話も上の空に見えたけど、二人とも不愉快になることはないようだった。昔からの友人だと言うし、慣れっこなのかもしれない。

セリーヌ様は良くも悪くも個性的な人みたいだった。

俺はそんな彼女を観察しながら、スケッチブックに練習の絵を荒めのタッチで描いていった。

——そうだ、〈神眼〉スキルの情報も参考になるかもしれない！

何枚かのラフ画を描いたところで、俺は〈メモ帳〉を開いてセリーヌ様の鑑定結果を確認した。

さて、どんな情報が出てるだろうか……。

《セリーヌ・ワイト　ワイト公爵令嬢　二十二歳
ワインをこよなく愛する公爵令嬢。マクレゴン公爵家との縁談が進められている。しかし、セリーヌのワインへのこだわりは強すぎて、このままではローデリック・マクレゴンとの間に不和を生む。ワイト公爵家の北部でのワイン販売もうまくいかない可能性が高い》

「え……ちょ……!?」

〈メモ帳〉には、とんでもないことが予言されていた。

「どうしたの、アレン？」

「あ、すみません。絵に集中してて、つい声が……」

セリーヌ様とローデリック様の結婚は、失敗するっていうのか!?　〈神眼〉のやつ、俺にこんな不吉な予言を見せて、どうしろっていうんだよ。

……本当に、どうしよう。政略結婚だし、お互いの家の利益を考えたら、なかなか破談にはしにくいよな。

でも、〈メモ帳〉にはっきり不和と書かれているとなると、当事者にとって良い結婚とはならないのだろう。

ローデリック様は俺の絵の熱烈なファンで、セリーヌ様はシルヴィアの友だちだ。この二人が不幸になるのは見たくないなぁ。

「アレン、難しい顔をして、絵の制作がうまくいっていないの？　さっきは変な声も出していたし」

と、シルヴィアに心配そうに声をかけられた。

「あ、いえ……」

いきなりモデル二人の将来が不安ですなんて言うわけにいかない。絵で悩んでるということにした方がマシか。

「……そうですね、大事な絵なのでつい考え込んでいました」

「そうなの？　珍しいわね。いつもはどんな絵でもスラスラ描いてたのに」

「仕方ないわよ。熱中したらそうなっちゃうわ。私もワインのこととなると――」

俺のフォローをしようとしてくれたセリーヌ様は、すぐにまたワイン語りを始めた。

良い人なんだろうけど、やっぱりちょっと癖がある。そこが気に障る人は嫌がるのかもしれない。

で、ローデリック様がそこを気にする人だったら最悪だよなあ。

俺は何となく〈メモ帳〉の予言する未来を想像してみた。

シャイで人見知りの激しいローデリック様に、興味のないワイン語りをまくし立てるセリーヌ様
……うわぁ。

――でも、何でだろう。俺の直感的には、セリーヌ様とローデリック様はお似合いだと思ったんだけどな。

ワインオタクのセリーヌ様と、コレクター気質のローデリック様は、性質が似ている。お互いの趣味を尊重し合えれば、よき理解者になれそうだ。

「さすがセリーヌね。チョコレートにこんなに合うワインがあるとは思わなかったわ」

俺が悩んでいる間も、セリーヌ様はワインを選び続け、シルヴィアの気に入る組み合わせを見つけたようだった。

ちなみに、先日二十歳《はたち》の誕生日を迎えたシルヴィアがワインを嗜《たしな》むのは、前世基準でも合法である。まあ、国によっては十代後半からお酒解禁らしいけどね。

「シルヴィアって、美味《おい》しそうに食べるわよね。そういうところ、好きよ。ごめんね、ずっとワインの話ばかりして」

「ううん。セリーヌの話を聞いてるの、面白いよ。……ところどころ、分からない点はあるけど」

「いいのよ。私のワイン語りが全部通じる人なんてこの世にほぼいないし。それより、今日はあなたとアレン・ラントペリーのことを聞こうと思っていたのに、すっかり忘れていたわね」

「そ……それは、また今度って言ったでしょ！　むしろ、セリーヌとローデリック公子の話を聞かせてよ。今日は二人のお見合い肖像画を描いてるんだし」

そうシルヴィアが言うと、セリーヌ様の表情が少し曇った。

「私とローデリック様の話かぁ。……あんまりないのよね」

と、ぼやくようにセリーヌ様は言う。

「……うまくいってないってこと？」

「彼、全然喋《しゃべ》らないから、何を考えているか分からないの」

セリーヌ様は深いため息をついた。

不仲の兆候はすでに出てたのか。ということは、本当にこのままでは〈神眼〉の鑑定通りになってしまうのだろうか。

「ワインの話をしても上の空、もうちょっと興味を持って聞いてくれてもいいじゃない」

セリーヌ様はぷっくりと頰《ほお》を膨らませる。

「……ローデリック公子の好きな物を調べて、話題を合わせてみたら？」

「それもやってみたんだけど……彼の読んでいる本、私にはサッパリ理解できなかったの。意味不明な数字ばかり並んだ本しか読まないのよ、あの人。もう少し心を開いてくれないと、私からは取っかかりを作れないわ」

悲しそうにセリーヌ様は嘆いた。

「ローデリック公子はシャイな方だから」

「そうだとは思うんだけど、もうすぐ結婚するのよ？　今のままで大丈夫かしら……」

セリーヌ様は深いため息をつく。

「ごめんなさい。こんな愚痴を言うなんて、私らしくなかったわね。――あら？　今日はもう時間だったかしら」

窓の外の夕焼けに気づいて、セリーヌ様は俺を見た。

「はい。今日のスケッチをもとに、どのような肖像画にするか案をまとめてきますので、また明日、ご相談させてください」

「分かったわ。シルヴィアも、明日も来てくれるの？」

「ええ。ちょうど良い気分転換になるし、完成まで付き合うわ」

「ありがとう、嬉しいわ。それじゃあ、また明日、よろしくね」

それで、その日はお開きとなり、俺はシルヴィアと同じ馬車に乗せてもらって帰宅した。

その途中――。

「セリーヌがあんなに不安がっているとは思わなかったわ」

と、シルヴィアが呟いた。

「大丈夫かしら。もう半年後には結婚するっていうのに」

「半年?」

意外と早いな。

お見合い肖像画を送り合うくらいだから、まだゆっくり進めているのかと思っていた。

「ワイト公爵があなたに肖像画を注文したの、ローデリック公子へのご機嫌取りだって、バルバストル侯爵が言っていたでしょ。あれ、当たってたのね。あなたのことをローデリック公子が気に入っていると聞きつけて、急にお見合い肖像画なんて古いことを言い出したのよ」

「そうだったのか……」

それくらい、ワイト公爵家側はヤバいと思っていたんだな。

「昔からセリーヌは頼りになるお姉さんって感じで、誰とでも仲良くできるタイプだと思っていたんだけど、肝心の婚約者とのコミュニケーションがうまくいっていなかったなんて……」

「二人の相性が悪いのかな。……今から婚約を考え直すことはできないの?」

馬車で二人きりだったので、俺は思い切ってシルヴィアに聞いてみた。

「そうね……私たち、どっちも一回破談にしてるもんね」

ボソリとシルヴィアが言う。

俺たちはどちらも婚約破棄経験者だった。

「うっ……でも、結果的にそれで良かったじゃないか。あのまま結婚していたら、お互い、大変なことになってただろ？」

〈神眼〉で不吉な予言が出ているし、あの二人、結婚しない方がいいんじゃないだろうか。

「でも、二人の結婚に領地の産業の未来もかかってるのよ」

「それは……」

参ったな。

利害関係を考えると、婚約解消なんてできないか。

「それに、彼らは別に、合わないことはないと思うの」

「そうなの？」

俺も直感的には、ローデリック公子とセリーヌ様の相性は悪くないと思っていた。シルヴィアも同じ印象だったのか。

「昔……私たちが子どもの頃にね、四大公爵家の子どもが集まる機会があったの。そのとき、セリーヌだけ用事があって先に帰って……そしたら、ローデリック公子が大泣きしたのよ。『セリーヌがいない、セリーヌがいない』って」

シルヴィアがクスクスと笑う。

「そりゃあ、相当だね」

ローデリック公子の可愛い黒歴史を聞いてしまった。

「今はそれから十年以上経《た》ったから、あの頃と同じ気持ちかは分からないけど、すれ違っているだけだと思うわ」

なるほど。

考えてみると、〈神眼〉の鑑定は、俺にとって役に立つ情報が優先して出るものだ。きっと、あの二人のすれ違いは周囲のフォローで何とかできる問題で、俺にもできることがあるのだろう。

「でも、少し前の夜会でね、二人が口論してるの、私、聞いちゃったの。口論っていうか、一方的にセリーヌが怒ってただけなんだけど」

「セリーヌ様は、関係がうまくいってないことが不安になって、焦ってるのかな」

「そうだと思う。何とかフォローできるといいのだけど」

「そうだね。シルヴィアはセリーヌ様と友だちだし、会話でそれとなく誘導してみる？」

「うん。……っていっても、セリーヌのワイン語りに止められる可能性もあるけど」

「あはは……」

ここは何とか頑張って、二人のためにやれることを考えてみよう。

「今日もまた最初にクルクル回るのかしら？」
翌日、再びワイト公爵邸を訪問すると、セリーヌ様にそう問われた。
「それはしなくて大丈夫です。本日はどんな構図で絵を仕上げるか案を考えてきたので、まずご相談させてください」

そう言って、俺はセリーヌ様にスケッチブックを見せた。

「まあ、こんなに描いてきたの？　一晩で、すごいわね」

セリーヌ様は感心したように言った。

絵の構図は考えられたけど、セリーヌ様とローデリック公子の問題の解決策は全然浮かんでないんだよな。

どうしたものか。

「うん。どれも良いけど……ねえ、一つ注文をつけていいかしら？」

「はい。どのような？」

「ワインよ！　ワイト公爵令嬢と言ったらワインなの。絵の中にもワインのボトルを入れたいわ」

「なるほど、そうですね。どのボトルを描きましょうか」

「そうね……」

セリーヌ様が侍女に視線を向けると、昨日と同じように、彼女たちは何本ものワインのボトルを運んできた。

セリーヌ様は手ずからそれを一本ずつテーブルに並べていく。

そういえば、こちらのワインボトルをちゃんと見る機会って、あまりなかったな。

日本のドラマとかだと、ソムリエが仰々しくボトルをお客さんの前まで持ってきていたと思うんだけど。こっちでは、あまりボトルを見せびらかさないんだなぁ。

……ん？　ボトルが、何か違う。

って、そりゃそうか。異世界なんだし。

けど、全体的に前世のボトルより地味だな。

こっちのワインボトルには、ラベルが貼られていなかった。

代わりに、ボトルの首に小さな紙が巻かれていて、産地や種類が分かるようにはなっていた。しかし、字が書かれただけの紙では、値札と大差がない。

そうか。

これが——俺にできることだ。

「そのワインボトルって、販売用ですか？」

俺はセリーヌ様に話しかけた。

「ええ、そうよ。少し前までは樽《たる》で販売していたのだけど、最近、高品質なものはボトルで密閉してるの。その方が酸化しにくいから」

「なるほど。樽でまとめて出荷するより、瓶に分けた方が単価も上がるでしょうしね」

そう俺が言うと、シルヴィアが横から、

「さすが、商人の息子。そういうところはすぐにピンとくるのね」

と言った。

いや。話を合わせるために、適当に言ってるだけだよ。

「たしかに、ボトルの方が高額で売りやすいっていうのは事実よ。私としては、ボトルごとに開封してすぐに飲みきることで、いつでも品質の良いワインを楽しめることの方が大事だけど」

相変わらずセリーヌ様はワインへのこだわりがすごい。

「どうせなら、良いワインには、もっと高級なイメージを持たれるように工夫してもいいかもしれませんね」

と、俺はそんなセリーヌ様に提案してみる。

「どういうことかしら？」

「失礼します」

俺はスケッチブックを持ってキャンバスを離れ、セリーヌ様たちのいるテーブルに近づいた。

「例えば、このボトル。このままだとシンプルすぎます。こういう感じで、ワインの味をイメージで伝えるイラストを描いて、胴部分に貼り付けてみてはどうでしょうか」

俺はスケッチブックを切り取って、ボトルに巻いてみせた。

「あ、可愛い」

甘口のワインに合わせた妖精の絵を見て、シルヴィアが弾んだ声で言った。

「絵の横に、産地やブドウの品種、収穫年なんかも書き込みます」

俺はイラストに合わせて、即席でロゴのような字体を作って情報を書き込んだ。

「……ナチュラルにやってるけど、すごいわね。職人が何日も悩んだ末に出してきそうなデザインを、迷いなく一発で描いてる」

セリーヌ様は驚きながら感心していた。

俺には〈神に与えられたセンス〉があるからね。

「で、この絵の隣には、ワインの説明を書きます。例えば、合わせるのに良い料理とか。ちなみに、これは何に合うんですか？」

「果物を使った焼き菓子、それと、鳥料理かしら」

「ふむふむ」

「他にも……語り出したらきりがないわ。ああ、でも、そのラベル、すごく良いわね」

セリーヌ様は興奮して、かなり乗り気だった。

よしよし。

うまくいきそうな流れだ。

「何を書くかはゆっくり吟味してまとめましょう。イラストも、しっかりワインのイメージに合うものを考えて」

「そうね。この場で簡単に済ますわけにはいかないわ」

セリーヌ様はすっかりワインラベルを作る気になっていた。

「でも、全てのボトルに複雑な印刷物を貼り付けるの？　その分、価格も上がることになるんじゃ……」

そこへ、シルヴィアが冷静に指摘する。でも――。

「それは大丈夫だと思います。最近、劇場で版画を売っていたんですけど、印刷物の価格が安くなってきているので。それに、ラベルを貼ることで、コレクターを生み出せれば、売り上げが伸びるかもしれません」

「コレクター？」

それが、今回の最大の狙いだった。

俺が〈神眼〉で見たローデリック公子の情報には、彼がかなりコレクター気質だと書いてあった。

実際、ローデリック様は俺が原画を描いたデュロン劇場の銅版画を全部集めていた。ワインラベルでも同じことができるんじゃないだろうか。

「例えば、飲み終わったボトルからラベルをはがして、裏に飲んだ日付と、一緒にいた人や場所を記録してもらうんです。これを集めれば思い出になるし、ワインの知識も深まるでしょう」

「いいわね、それ。私もやってみたいかも」

と、シルヴィア。

「ラベルにワインの情報を書き込んで、集めると自然とワインに詳しくなるように作りたいですね」

俺が言うと、

「自然と詳しく？」

セリーヌ様は首を傾《かし》げた。

「はい。私の経験上、人に何かを勧めるときって、言葉でどれだけ良さを語っても、聞いてもらえないことが多いんです」

「そうなの？」

「はい……」

前世、日本のしがないオタクだったとき、友人を同じものにハメるのにはコツが要った。

例えば、勧めたい作品を好きじゃないと言っている人に、良さを説明しようと喋りすぎると、かえってアンチになってしまうようなこともあった。

——バズるのは何か？

これは前世でよく議論されていたことだと思う。

俺の考えでは、圧倒的に流行《はや》るのは、皆が真似《まね》しやすいモノだ。

音楽ならカラオケで歌いたくなる曲や、踊ってみたをＳＮＳに投稿したくなる曲。

漫画であれば、二次創作が活発な作品ほど注目が集まる。

転生前に流行っていたウェブ小説だと、同じ展開をなぞった作品を他の人が書きやすいテンプレ化した作品に人気が集まっていた。

なんて言うか、俺もこっちで絵描きになって気づいたことなんだけど、俺の描いた作品は俺の自己表現だと思っているとうまくいかないんだよね。

受け取った人が喜ぶのは、その人の自己表現になる作品なのだ。

「こちらが語るんじゃなく、語らせるんです。ワインが分かることで自分がかっこよくなる、楽しいと思わせられれば、後は勝手に情報を集めてくれるでしょうから」

「語らせる……」

「ワインを手にした人たちが、自ら情報を集められるように、こっちでツールを作りましょう。ラベルやカタログに徹底的にこだわって、愛好家が楽しめる道を用意するんです」

「私たちは黙っていて、相手が沼にはまるのを手招きして待つってこと？　すごい手練手管《てれんてくだ》ね」

セリーヌ様は半ば呆《あき》れたように嘆息した。

まあ俺は、前世で散々、オタクビジネスに触れてきたからね。

「そうですね。セリーヌ様は、ワインについて詳しすぎるから、逆に、あまり語らない方がいいかもしれません。興味を持ってくれた人の行動をひたすら褒めて、ちょっとずつ知識を増やしてもらうように誘導できると理想的です」

「なるほど。すごく参考になったわ」

俺の意見はセリーヌ様の心に響いたらしく、彼女は何度も頷《うなず》いていた。

「たしかに、北部の人ってワインを飲む習慣がないから、普及させるのは大変なことだと思うわ。少しずつ沼にはめる？　作戦がいいと思う。今後も悩むことがあったら、私にも相談してね」

と、シルヴィアがセリーヌ様にほほ笑みかけた。

これで、セリーヌ様に問題を自覚させることができたかな。

未来が良い方向に変わってくれるといいな。


それから、二週間ほどかけて、セリーヌ様のお見合い肖像画を完成させた。

《セリーヌ・ワイト　ワイト公爵令嬢　二十二歳
ワインの知識が豊富な令嬢。北方のワインブームの火付け役となる準備を、着々と進めている》

「よしっ！」

これで安心して、ローデリック様に肖像画を納品することができる。

後日、俺の描いた肖像画は、ワイト公爵領産のワインとともに北方に届けられた。

ワインのボトルには、俺がデザインしたラベルが貼られていた。


半年後。

俺はワイト公爵に呼び出されていた。

「先日、娘がマクレゴン公爵家に嫁いだ」

公爵の執務室、秘書一人を除いて人払いされた静かな部屋で窓の外を見つめながら、ワイト公爵は俺に言った。

「おめでとうございます」

「少し前まではどうなることかと思っていたが、娘とローデリック公子の仲は良好だ。それに、ここ最近の娘はワインブームの火付け役として、社交界でも注目の的だ」

「はい。存じております」

ゆっくりと公爵が振り返る。

「お前のお蔭《かげ》だな」

ワイト公爵はジッと俺を見つめた。

「いえ、私は絵を描いただけで……」

「謙遜するな。娘の幸せ、ワインブームによる莫大《ばくだい》な利益、お前がワイト公爵家にもたらしたものは大きい」

「そんな……もったいないお言葉です」

いつも怖そうな公爵閣下にそんなに褒められると、どうしていいか分からなくなる。

「国の筆頭貴族として、功績には報いねばならない」

公爵がそう言うと、秘書の人が俺に書類の束を見せてきた。

「お前の父親が、我が領のワインの購入を希望していたのを思い出した。ワイト家が経営するワイナリーの最高級ワインに、ラントペリー商会の購入枠を作ってやる」

「あ……ありがとうございます！」

ワイト公爵家のワインはロア王国で一番の品質だ。その中で最高級のものは、人気がありすぎてワイト家とコネのある一部の大商人しか仕入れられないものになっていた。

そのワインを取り扱えるということは、ロア王国内でのラントペリー商会の格を上げてくれる。

古参の有力商会と肩を並べられるということだ。

これは、商人が大枚をはたいてでも欲しがるブランドイメージをいただいたようなものである。

ワインラベルがうまくいったことで、良いご褒美をもらえた。

「それと、もう一つ……」

そう言って、公爵は一呼吸を置くと、鋭い目で俺を見据えてニヤリと笑った。

「近いうちに、お前に良いことが起こるだろう」

「……はい？」

「話は以上だ。今後も、定期的にワインラベルのデザインを依頼するから、よろしく頼む」

「はい。こちらこそよろしくお願いいたします」

俺は深々とお辞儀をすると、よく分からないまま、ワイト公爵の執務室を退出した。

さらに一週間が経った頃――。

「君はすごいね。先々代からの王家の懸案事項を解決するなんて」

今度はバルバストル侯爵に王宮に呼び出された俺は、部屋に入るなり笑顔の侯爵にそう言われた。

「王家の懸案事項？　何のことで……」

「はい、これ」

バルバストル侯爵は、俺の前に一枚の非常に美しい装飾のほどこされた書類を出してみせた。その紙の一番上には、かぼちゃ形の王冠が描かれている。

「勅許状。後日正式に発表されるけど、君、来月に男爵位が授与されるから」

「へ？」

「王家ではね、先々代の国王の時代から、優秀な実業家を貴族に取り込もうという計画が進められていたんだ」

「実業家を貴族に？　どういうことで……」

貴族って、土地持ってて伝統を重んじる人種のことじゃないのか？　実業家――商人とは合わないような……。

「もともと、王家からしたら貴族の数は多い方がいいんだよ。少数の貴族が強い権限を持つと、王家にとって目の上のたん瘤《こぶ》になるからね」

「そういうものなので……」

「うん。それで、国内で力のある者全てに爵位を与えておきたいんだ。財力も力だからね。王家の秩序外に強い勢力ができるのが、一番嫌なんだよ」

「なるほど」

「私が商人たちの支援をしていたのもその関連でさ。国内の商人をできるだけ制御下に置いておきたかったんだ」

ふむふむ。バルバストル侯爵の屋敷が商人たちに開放されているのには、そういう理由があったんだな。

「でも、貴族たちからすれば、王家が新たに爵位を与えるのは許せない行動なんだ。貴族の人数が増えれば、それだけ希少価値が下がるからね」

「あ、はい。それは、何となく分かります」

「色々あったんだよ。……先々代の時代に一度有力商人を貴族にしたんだけど、反発がすごくてさ。結局、その商人は冤罪《えんざい》をかけられて酷《ひど》い目に遭ったし」

「えっと……」

ちょっと待て。そんな危険な爵位を俺に与えるのか!?

「ああ、今回は大丈夫だよ。何せ、貴族派筆頭のワイト公爵が認めてくれたしね」

「ワイト公爵……」

ん？　先日会ったときに、良いことが起きると言ってたのは、まさかこのことだったのか？

「それと、反発が一人にいかないように、国内の有力商人何名かにまとめて爵位が授与されるんだ。君一人が苦労するってことはないよ」

そう言って、バルバストル侯爵はニッコリと笑った。

……苦労するのは苦労するんだな。

ワイト公爵、これがお礼のつもりなら、正直、要らなかったです！

だが、俺のそんな心の叫びは、俺が男爵になることに感激して号泣する父と母を見て封印せざるをえなくなった。

特に父の喜びようはすさまじく、それから三週間くらい、彼はずっとニヤニヤしていたのだった。

特別番外編1

人気画家に付き物の……

本日は、デュロン夫人とデートの日である。

俺は知らない人の家に連れてこられていた。

王都の東。一等地からは少し外れるけれど、広い敷地に立つ煉瓦造《れんがづく》りの家だ。

「まあ、デュロン夫人、いらっしゃいませ」

家主のマダムはピンクブロンドの可愛《かわい》らしくぽっちゃりした人だった。

「お宅の薔薇園《ばらえん》が見頃を迎えていると聞いて、伺いましたの」

「ええ、良いタイミングですわ。どうぞ、奥へ」

人様の家で花見をする。

社交界の人気者である夫人は、王都中のどこの家でも入れた。

庭の四阿《あずまや》で、コーヒーを飲みながら薔薇園のマダムとお話をする。

「こちらはアレン・ラントペリー君。最近、私の劇場での事業を手伝ってくれているの」

「まあ、あなたが？　私、デュロン劇場の役者絵を集めているの。お会いできて嬉《うれ》しいわ〜」

こんな感じで、デュロン夫人は定期的に俺と出歩いて、俺だけでは入りにくい建物を案内したり、俺のコネを増やしたりしてくれた。

薔薇園のマダムの家は希少な石材の出る山を持っているそうで、帰り際には珍しい顔料もいただけた。ありがたや～。

だが、そんなマダムとの会話には、気になる話題も出ていた。

「――そういえば、夫人はご存じなのかしら。商業区の裏道にある店なのだけど」

「いいえ、最近は馴染《なじ》みの店にしか行ってないから分からないわ。新しいお店？」

「それが、デュロン劇場の役者絵に似た物を売ってるんですの」

――何だって？

「え、そうなの？　アレン君、何か知ってる？」

「いいえ。私が劇場の商品に関係する店を出すなら、当然、夫人に許可を取りますよ」

「そうよね。劇場の品物に比べて質が低かったから、私も変だと思っていたのよ」

薔薇園マダムは納得したように言った。

「……ということは、私たちの劇場の商品が勝手に真似《まね》されて売られているんですの!?」

デュロン夫人の頬《ほお》がピクピクと引《ひ》き攣《つ》る。

あぁ……デュロン劇場の売店は、毎日大盛況だったもんなぁ。あれだけ売れてたら、偽造品も出てくるか。

「取り締まるわよ！」

デュロン夫人は拳を握りしめた。

この世界にも、人の描いた絵を勝手に複製して売ってはいけないくらいのルールはある。

伯爵夫人が取り締まると言えば、目立った業者は排除できるだろう。

――でもなんか、いたちごっこになりそうだなぁ。

前世で散々、海賊版サイトやら違法アップロードやらで捕まる人のニュースを見てきた俺は、不穏なものを感じていた。

さらに、薔薇園マダムは追い打ちで、

「それとね、『これはデュロン劇場で売っている本物です』と言って、劇場の売店より高い値段で劇場と同じ版画を売っている店もあったわ」

と、教えてくれた。

――悪質転売ヤーまでいるのかよ！

「何それ……もう、許せませんわ！」

デュロン夫人は怒りを爆発させた。

こんなに怒る夫人を見るのは初めてだった。

「そんな不届き者たちは、私が何としても取り締まりますわ！」

夫人はそう宣言した。


その日の夜。

デートを終えて家に帰ると、父に一枚の絵を見せられた。

「アレン、こんな絵を描いた覚えはあるか？」

それは、金ぴかのやたらと派手な額縁に入った絵だった。

俺が以前に描いた女優の絵に似ているが、タッチが荒い。

「いいえ、これは私の絵ではありません」

「そうか。ここに、お前のサインがあるんだがなぁ」

父の言う通り、その絵の隅には、俺のサインを真似た文字が書かれていた。

……俺の油絵の贋作《がんさく》まで出回ってたのか。

「これ以外にも、最近、ウチに『これはアレン・ラントペリーの真筆か？』という問い合わせがちょくちょく来るようになっているんだ」

と、父が言う。

――トレパク問題まで浮上したか。

バッタ物に転売、トレパク……異世界でも現実は俗っぽいなぁ。


数日後。

俺はデュロン夫人とともに、王宮で非公式に女王陛下と面会していた。

「デュロン伯爵夫人とアレン・ラントペリー、よく来たな。これを見るがよい」

女王陛下に促されてバルバストル侯爵が俺たちに見せたのは、一枚の書類だった。四辺に凝った装飾が印刷されている。

「アレン・ラントペリーのサインの偽造を禁じる勅令じゃ。今後、ラントペリーの名を騙《かた》った者は国家が取り締まる！」

「は……ぇぇ!?」

——お、俺のサイン偽造禁止勅令っ!?

「ラントペリーは、芸術方面で南や東の国に後れをとっていた我が国にやっと現れた天才画家ぞ。それを、欲深い者どものバッタ物で、ばっっったもんでっ、ぱちぱちもんでっ、汚《けが》されてなるものかっ！」

熱の入った女王陛下は、独特の口調でパクリ業者を詰《なじ》っていた。

「素晴らしいですわ、陛下。これで、大手を振って悪党を潰せますわよ」

「ふはは。そうか、デュロンよ、励むがよい」

「はい、陛下。うふふふふ」

女王陛下と、社交界で顔の広いデュロン夫人に睨《にら》まれた業者はキッツイだろうなぁ。

「とはいえ、他所《よそ》の劇場で、デュロン劇場と同じようにその劇場のパンフレットや役者絵を作って売るのまでは禁止にできないと思いますが」

バルバストル侯爵が指摘すると、

「それは構いませんわ。あまりに似たデザインで作られたら、訴えますけど」

と、デュロン夫人は答えた。

「うむ。悪質な者は、ばっっったもんは、ばったばったとやっつけてやるがなっ！」

女王陛下は拳を突き上げた。

女王陛下の勅令が出て、一週間が経《た》った頃。

たまたま暇のできた俺は、興味本位から偽造品を売っているという店を確認に行ってみた。

すでに悪徳業者の店は閉店したらしく、店舗は空になっていた。

「おや、空っぽだ」

「さすがデュロン夫人、仕事が早いな」

俺はそのまま去ろうとした。でも、そのとき、店の前に呆然《ぼうぜん》と立ち尽くす女の子を見つけて、足を止めた。

その子は尋常でないくらい青ざめていて、気になったのだ。

「どうされたんですか？」

「あ……えっと……」

女の子は十代後半くらいで、メガネをかけていた。赤茶の髪の毛に、ベレー帽みたいなぺちゃんこの帽子をかぶっている。

――何かこの子、前世の女性オタクの雰囲気だなぁ。

彼女は俺の身なりがしっかりしているのを見て、

「もしかして、ここにあった店の関係者ですか？」

と聞いてきた。

「いいえ。ただ、彼らが出ていった事情を少し知っています」

「そうですか」

と言って、少女はしばらく考える素振りを見せた後、再び口を開いた。

「私、この店に自分の絵を預けていたんです」

絵を預ける？　ってことは、彼女が俺の贋作画家だったのか？

「……もしかして、誰かの絵を真似していた？」

「はい。……ある有名な画家の先生に憧れて、私もこんな絵が描きたいと思って、その人に似たような絵ばかり描いていました。でも、その人の名前を騙ろうとは思っていなかったんです！　ただ、その人みたいな絵が描きたいと思って、自分の趣味で描いていました」

ふむ。好きな絵師に似た絵を描いてしまうというのは、絵を描く人にとってよくあることだ。絵の練習に模写をする人もいる。前世の俺も、下手《へた》なりに憧れの絵師さんの絵を真似して描いていた。

「それで、たまたま家に来た商人が、私の絵を見て『これは売れる』と言い出したんです。私は参考にした画家がいることを伝えたのですが、『この程度、絵のタッチが似ることはよくあるから大丈夫だ』と言われて。それで、自分の絵を預けてしまいました。……でも、販売された絵は、私のサインが消されて、上から、その先生の名前が書かれていたんです」

少女はうつむいて唇を噛《か》んだ。

「気づいてすぐに抗議しました。でも、『店のオーナーと話し合わないといけないから、一旦引いてくれ』と丸め込まれて……それから全く音沙汰もなく、次に店に来たらこの有り様でした」

と、少女は震える声で何とか言い終えた。

「……酷《ひど》い悪徳業者だね」

被害を受けたのは俺とデュロン劇場だけだと思っていたけど、まさか、商品の制作者側も騙《だま》されていたとは。

そりゃあ、騙されたこの子もちょっと世間知らずだとは思うけど、前世の俺も十代の頃は絵ばかり描いてて何も知らなかったことを思い返すと、あまり責める気にはならなかった。

真っ青な顔で呆然としている女の子に、これ以上何も言えないっていうのもある。

「店の中は空っぽで、探してみたけど、私が時間をかけて完成させた絵は一枚も残っていませんでした。部屋の隅っこに、投げ捨てるようにこのスケッチブックが落ちていただけで……」

少女はそのスケッチブックを胸に抱えて涙ぐんだ。

うぅ、参ったな。どうしよう、こんなの放っておけないだろ。

「……良かったら、そのスケッチブック、見せてもらえますか？」

慰めてあげたくとも、初対面の相手の性格など知る由もなく、俺は話題にできそうなスケッチブックの話をしてみた。

「はい。落書きが多いんですけど……」

そう言って彼女が見せてくれたスケッチブックは、白黒のイラストで、ほとんどのページが埋まっていた。

その絵は、俺が銅版画で描いていたものに似た漫画っぽい絵柄になっていたが、俺の絵より線が柔らかかった。

——少女漫画っぽいな。漫画系統の描き方だから、この世界の人から見たら俺と似た絵柄だと思うのだろうけど、漫画を見慣れた日本人が見たら全く別の絵だ。それに、かなりうまい。

もし彼女が日本に生まれていたら、とっくに少女漫画家としてデビューしていたかもしれない。

「うまいですね。せっかくこれだけ描けているのに、悪質な商人に利用されたのは残念でなりません」

俺が彼女の絵を褒めると、少女は涙を拭って、

「ありがとうございます。そう言ってくださる人がいて、救われた気分です」

と、控えめな笑顔を俺に向けた。

「あー、俺、こういう者なんですけど、今後もしまた何かあったら相談に乗るので、訪ねてきてくださいね」

俺は彼女に自分の名刺を渡して言った。

「……アレン・ラントペリー？」

名刺の名前を見て、少女は目を見開いた。

「え？　ラントペリー？　え？　嘘《うそ》……私……私……」

彼女は顔を真っ赤にして、急にあたふたし出した。

「ごめんなさい、私、とんだ失礼を、うわぁぁぁ」

少女は頭を抱えてパニックになった。

「ちょ……大声出さないで。ここは公道なんだよ」

「はう。すみません、すみません。え、でも、本当に、あの、ラントペリーさんなんですか？」

「どのラントペリーかは知らないけど、王都で画家をやっているラントペリーですよ」

「はうぅぅぅっ」

少女はその場で膝を抱えて座り込んだ。

「──失礼しました。もう、どれだけ失礼したか分からないくらい、失礼しました」

それから、彼女は俺に何度も頭を下げて謝った。

「いや、何も謝ることはないから。君は悪徳業者に騙されただけでしょ」

「そんな、うぅ……。いえ、でも、こうしてラントペリーさんにお会いできたのだから、私の人生、良いことも悪いこともトントンにあるんだって思えました。ありがとうございます。私、コレットって言います」

「コレット、よろしくね。今回のことは残念だったけど、君の絵はとても素敵だと思うよ。これからも頑張って絵を描いてね」

「ありがとうございます。ラントペリーさんに絵を見ていただけたなんて、超幸せです。あ、あの、それでですね……」

と言って、コレットは探るようにこちらを見た。

「何？」

「私の他にも、あの業者に巻き込まれた子がいて……皆、ラントペリーさんに直接謝れたら、心が軽くなると思うんです。厚かましいお願いですけど……」

と、コレットは申し訳なさそうに言った。

今回の事件、俺はてっきりパクリ業者が贋作を作ったのだと思っていたけど、実際は、俺のファンみたいな子たちのファンアートが悪用されていたんだな。

そういえば、前世で起きていた贋作詐欺事件も、贋作を描いた本人はただの学生で、絵の勉強のために模写していただけってケースが結構あると聞いたことがあった。

絵の練習に模写は昔からずっとされてきているから、特に、数百年前に模写された絵がどこかから見つかったりすると、本物とかなり紛らわしかったりするそうだ。

「いいよ。俺で良かったら会おう。でも、皆、ただ自分の好きな絵を描いていただけなら、謝罪は要らないよ。代わりに、絵を見せてほしいな」

「ありがとうございます！　皆、喜ぶと思います」

俺はその日、コレットが呼び寄せた俺のファン数名と会って、日が暮れるまで創作談議に花を咲かせたのだった。

それからしばらくして。

「また新しい店を出したって聞いたわよ」

遊びに来たシルヴィアを玄関先まで迎えに出ると、開口一番そう言われた。

「うん。ちょっと変わった店だから、シルヴィアが気に入るかは分からないけど――」

俺が答えると、彼女はすかさず、

「見たい」

と言った。

「分かった。それじゃあ、同じ商業区の中だし、歩いていこうか。ちょっと下町方面に行くけど」

俺はシルヴィアと一緒にしばらく歩いて、新しい店に向かった。


店の中はカラフルな色彩であふれていた。

「すごい。画廊？　雑貨屋さん？」

シルヴィアはキョロキョロと店内を見回す。

店には版画や書籍、おもちゃなど雑多な物が置いてあった。

「趣味の店って感じかな」

「――店長、いらっしゃいませ」

俺たちが入店すると、大きなエプロンを着けた店員が出迎えてくれた。

「コレット、調子はどう？」

「はい。順調にお客さんを増やしてますよ」

コレットとは最初に会った日から何度も連絡を取り合い、一緒にこの店の企画を立ち上げた。今は店のスタッフとして働いてもらっている。

「シルヴィア、彼女はコレット。ここの店員さんだけど、絵も描いてるんだ。こっちの、これとこれが彼女の作品」

俺は店の一角で、コレットの絵や印刷した版画をシルヴィアに見せた。

「へぇ。アレン以外の人の絵も売っているのね」

「うん。趣味で絵を描いている人の中にもうまい人がいるから、そういう人の絵を店で委託販売してるんだ」

「いいね。私、コレットさんの絵、好きだな」

「ありがとうございます。この店ができてたくさんの人に私の絵を見てもらえるようになって、私、アレンさんにすごく感謝してるんです」

と、興奮気味にコレットが言うと、「そうでしょう、そうでしょう。アレンはすごいのよ」と、ニコニコしながらシルヴィアも答えていた。

パクリ店事件からコレットに出会うまでのことを、俺は自分なりに振り返って考えてみた。

著作権に絡むような取り締まりは、女王陛下やデュロン夫人のような力のある人物に頼むしかなかった。けど、多分、問題はそういう制度上のことだけではないのだ。

——俺が新しいことを始めすぎちゃったのが原因なんだろうなぁ。

デュロン劇場の版画は大人気になったが、もともとこの世界の劇場にはパンフレットすら売る習慣がなかった。だから、皆、どうやってグッズを作ったらいいのか、全く知らなかったのである。

こういう状況で、とりあえず売れている商品を真似しながら商売を理解していくのは、自然な流れだ。

でも、そこに悪徳業者が交じって、場が荒らされた。

カフェを作ったときみたいに、見本の店を作って繁盛させて、やり方を実業家に広めれば、だんだん仕組みは整っていくだろう。

——ただ、今回はそれだけでは足りないと思う。

「それにしても、見れば見るほど面白い店ね。センスが若い気がする。見ていてワクワクしてくる感じ」

シルヴィアが手に取った小説の近くには、手描きのポップで、その小説を読んだ店員の感想とお勧めポイントが書かれていた。

「ありがとう。コレットとその知り合いがね、皆、独特のセンスのある人たちだったから、彼らに目利きしてもらって、商品を集めているんだ」

「目利き。店員さんが目利きするんだ」

「うん。店員が推したものを販売する店なんだよ」

「へぇ……」

「絵の持ち込みも受け付けているんだけど、預かるかどうかは、俺やコレットが作品を見て決める。

俺たちが良いと思ったものが商品になるんだ」

コレットたちがパクリ業者に惑わされた原因の一つは、彼らの作品が正当に評価されていなかったからだ。

もし、コレットが令和の日本にいたら、ＳＮＳで自分の絵を上げるだけで、ある程度まで正当な評価を得られたと思う。……なんて言うと、「そんなわけあるか！　同人エロ絵でも描かなきゃ誰も見ねーんだよ」と怒る現代人の声が聞こえてきそうだけど。ちなみに、前世の俺の下手な絵では、同人エロ絵に走ってもろくに〝いいね！〟をもらえなかった。

――っと、ちょっと脱線したな。俺が言いたいのは、こっちの世界は令和の日本よりもさらに見つけてもらいにくい世界だということだ。

「良い物って本当は、世の中に結構たくさんあると思うんだ。でも、自信を持ってそれを『良い』と推してくれる人ってなかなかいない。だから、俺、こういう店を作って、目利きできる人を増やしたいなと思ったんだ」

良い作品をちゃんと評価できる人や、世に出せる機会が増えればそれだけ多く、才能のある人が世に出られるようになる。

ちょっとずつでも、そういう仕事に貢献するのが、俺にできることなんだろうと思った。

俺の言葉に、シルヴィアはしばらくポカンとした顔をした後、

「それ、面白いね」

と言ってくれた。

「貴族が芸術家のパトロンになって支援して、それで不自由なく創作できている画家や音楽家もいるのだけど、それで支えられるのは、貴族趣味に合う芸術家だけだものね。ここにある商品、私から見ると突拍子もないデザインや……ちょっと下品なのもあるけど、これはこれで見ていて楽しいわ。私にとって新しい発見がたくさんある感じ。何個かここで買い物していこうかしら」

「お、ありがとうございます。コレット、お勧めを教えてよ」

「はい、そうですね……」

コレットはシルヴィアの希望を聞きながら、店を案内した。ときどき、女の子らしいキャッキャとした笑い声が聞こえる。楽しんでもらえて何よりだ。

だが、そんな和やかな空気を壊す闖入者《ちんにゅうしゃ》が、突然店に入ってきた。

「おい、こっからここまでの商品、くれ。全部だ」

会計用のカウンターにいたスタッフに、体格のよい五十歳前後の男が、酷いがなり声で声をかけた。

「ぜ……全部ですか？」

スタッフが驚いたように聞き返す。

「何だ？　悪いか？　金は払うぞ」

そりゃ、悪いだろう。見るからに転売ヤー……ん？

コレットが驚いた顔で俺の袖を引っ張り、こっそり耳打ちしてきた。

「あの男、私に詐欺を働いた悪徳業者です」

何だって!?

「止めよう」

俺は急いでカウンターに向かい、男に声をかけた。

「申し訳ありませんが、全部はお売りできません」

「何だぁ、お前はっ」

男に睨まれる。馬鹿みたいな声量で、凄《すご》みが利いてる。

だが、ここで押し負けるわけにはいかない。

「ここは私の店です。店の趣旨に合わない方にはお売りできません。お引き取り願います」

「何だてめぇ、客に対してそんな態度とっていいと思ってんのか！」

男は俺の胸倉を摑《つか》んで殴りかかろうとした。

だが――。

「ぐわぁぁぁっ、痛《いて》ぇ、何だ!? 痛い、やめてくれ！」

俺の胸倉を摑んだ男の腕に、シルヴィアの手が触れていた。雷撃魔法か何かの攻撃魔法を使ったみたいだ。

「白昼堂々、私の前で暴力事件を起こそうなんて、いい度胸ね」

「な……何だこの女は。クソ……」

「抵抗しても無駄だぞ。相手は王国武術大会七位の女公爵様だ」

シルヴィアはそのまま、男を結界魔法で閉じ込めてしまった。

「警備隊を呼んできて」

俺は店のスタッフを衛兵の詰め所に走らせた。

さて、衛兵が来る前に、ちょっとやることがあるな。

「シルヴィア、少しの間、ソイツが動かないように結界を維持していてくれない？」

「うん、いいわよ。衛兵が来るまでだよね」

「うん。ありがとう」

俺はそう言うと、ポケットからいつも持ち歩いている小さなスケッチブックを取り出した。

「おじさん、特別に似顔絵を描いてあげるよ。さささのさーっと」

ざっと絵を描いた俺は、すぐに〈メモ帳〉を確認した。

《ゲスナー　五十四歳　詐欺師
王都でデュロン劇場のグッズなどを偽造して荒稼ぎした犯罪者。王国兵に店を摘発され、デュロン夫人に裁判で訴えられるなどして、仲間が数人捕まるも、ゲスナー自身は逃走。今は、王国兵に見つからないように、王都と地方を行き来しながら、商品の転売で稼いでいる。ちなみに、彼は詐欺で得た金を、王都の東門付近のF通り三区にある空き家と、北のX通りの倉庫に隠している》

ほっほー。

良い情報が出たな。

以前に、デュロン夫人が悪徳業者に損害賠償裁判を起こしたけど、財産がなくて取りっぱぐれたと言っていた。取れなかった賠償金の分、根こそぎコイツの隠し財産を分捕ってやろう。

後日、デュロン夫人たちと〈メモ帳〉に表示された隠し財産の場所を捜索し、詐欺師の財産を発見した。

中には、以前に騙し取られていたコレットたちの絵も含まれていた。

「全部は取り戻せなかったけど、残りは俺たちの店で売ろうか。もちろん、サインは書き直してね」

「はい、皆の絵が映えるように、展示方法、考えましょう！」

コレットは、目尻ににじんだ涙をそっと拭って言った。

特別番外編2

宮廷画家のお仕事

女王陛下から宮廷画家の称号を賜った俺は、いくつか王宮からの仕事も引き受けた。

俺の前には、様々な珍しい植物が並べられている。

「希少な植物を記録して後世に伝えるのも、王家の務めじゃ」

王宮内の庭の一角に、まるで植物園のように様々な植物が植えられた区画があった。そこへ、なぜか俺は女王陛下直々の案内で連れてこられていた。

「この植物たちを描いていけばいいんですね？」

「うむ、そうじゃ」

俺は渡された用紙に、さっそくスケッチを開始した。それを後ろから、女王陛下がずっと見ている。

「……陛下は、何でここに……？」

「腕のいい絵描きが絵を描いているところを見るのは面白いからのう。白い紙に、すらすらと形ができていきおる」

「はあ……恐縮です……」

女王陛下は、興味津々に俺の手元を観察していた。

彼女の気持ちは、分からなくもない。前世の俺も小学生の頃、絵の上手《じょうず》なクラスメイトが描くところを見るのが好きだった。そういう子どもは俺以外にもいて、絵の上手な子の周囲にはよく人だかりができていた。

現代日本では、人気絵師のお絵描き動画の閲覧数が、数万、数十万回になっていた。絵のうまい人の作業工程を見たいという需要は、それだけ多いのだろう。

――でも、女王陛下がこれでいいのかなぁ。暇なの？

俺が不審げな目で陛下を見ると、

「何じゃ、その顔は。言っておくが、これはそなたの重要な仕事なのじゃぞ」

と、彼女は言った。

「はい。後世に残す大切な学術資料ですから、しっかり描かせていただきます」

写真のない世界だからね。こういう絵による記録が大事なのは分かるよ。

「そういう意味ではない。そなたは、余の宮廷画家であろうが！」

「はい？　えっと……」

ぷくりと頬《ほお》を膨らませた陛下を前に、俺が少し混乱していると、横から、

「宮廷画家になったときにね、君には廷臣の地位も与えられただろう？」

と、バルバストル侯爵が話に入ってきた。

「はい。すみません。本来の宮廷画家は、もっと陛下の側近《そば》くで仕えるものでしたよね」

俺は商会の仕事があることを尊重してもらっているけど、本来の宮廷画家は王宮に住み込みで王族に仕えるのだそうだ。

「宮廷画家は陛下に侍《はべ》る才能ある者。要は、センスの良い陛下のお友だちってことなんだよ」

へ……？

「一芸に秀でた者っていうのは、良い話題を提供してくれるものだ。王侯貴族はそういう者を召し抱え、夜会などで人が集まったときに場を盛り上げるのに使うんだ」

「ああ、そうでしたね」

だから、宮廷画家を含む廷臣には話の上手な人が多かった。単に絵がうまいだけでは良いパトロンはつきにくい。この世界の芸術家の世渡りもなかなか大変だよな。

「そうじゃ。ゆえに、ラントペリーよ、もっと気楽に余に接し、話しかけるがよい」

ふふんというように、女王陛下が言った。

でも、これって、公式の役職を与えて給料払うから、ビジネスお友だちをやれってことなんだよなぁ。金で友だちを雇うって、友だちを雇うって……。まあ、偉い人だとそういうこともあるかぁ。

「……分かりました。それでは、改めて、よろしくお願いいたします、陛下」

「うむ。よろしくなのじゃ！」

その後も、嬉々《きき》として俺の作業を見つめる陛下たちの前で、俺は順調に植物の記録を描いていった。

「しかし、ラントペリーは絵を描くのが速いのう」

「そうですね。本職とはいえ、ここまで手早く形をとれる者は稀《まれ》なのではないでしょうか」

と、陛下とバルバストル侯爵は感心したように言っていた。

こういう仕事だと、〈弘法筆《こうぼう》を選ばず〉のチートスキルがいつも以上に大活躍だな。

ついでに、大量の植物の絵を描いたことで、俺の〈メモ帳〉はさながら植物図鑑のようになっていた。

《スズラン
春から初夏に純白の可憐《かれん》な花を咲かせるが、全草に毒がある。葉や芽を別の植物と誤認しての食中毒事故が多数起きている》
《ジギタリス
ベル形の花を穂状につける。全草に毒性があるが、薬草としても知られる》
《トリカブト
秋に青紫色のかぶと形の花を咲かせる。古くから狩猟用の毒矢に利用されてきた》

——なんか、物騒な文章が並んでるんだけど……。

「あの、もしかして、今描いている植物って、毒草ばかりですか？」

「そうじゃぞ。事故や事件を防ぐためにも、毒草の情報はまとめておかねばならぬからな」

「なるほど」

本当に、大事な仕事を任されているみたいだな。

でも——。

《ジャガイモ
地下茎が芋の一種として食用できる。ただし、ジャガイモの新芽や日光に当たって表面が緑色になったところには、ソラニンという毒が多く含まれるため、注意が必要》

ここにジャガイモも含まれるのか。

ジャガイモが毒草扱いって、食べられていないのかな？

「このジャガイモという植物は、食用可能と聞いたことがあるのですが……」

俺が尋ねると、女王陛下は力なげに項垂《うなだ》れて、

「そうじゃのぅ。そのような話もあったのぅ……」

と、遠い目をして言った。

ジャガイモに何か嫌な思い出でもあるのだろうか。

「たしかに、そのジャガイモというのは食べられるものらしいね。北方国家では不作のときにジャガイモで命を繋《つな》いだ地域があったと聞いているよ」

と、バルバストル侯爵が陛下の代わりに説明してくれた。

「ロア王国でも一時、ジャガイモを普及させようとしたことはあった。でも、うまくいかなかったんだ」

「うまくいかなかった？」

「ジャガイモを広めるためにね、先代国王の食膳にジャガイモが出されたんだ」

バルバストル侯爵が言うと、

「うぅぅ。姉上、怖い。姉上……」

女王陛下が頭を抱えてその場にしゃがみ込んだ。

何があったんだ?

「当時の王宮の料理長は傲慢な人物でね。陛下の食事は全て自分が手配すると言い張って、外部の助言を聞かずに調理したものを陛下に出してしまった」

「まさか……」

「うん。それで、食中毒事故が起きたんだ」

あー、ジャガイモの食中毒か。

日本のスーパーで管理されているジャガイモだとかなり安全に食べられていたけど、たまに、小学校で栽培した芋で集団食中毒とか、ニュースになってたもんなぁ。

「あああ、姉上が、激怒するぅぅっ。怖い、姉上、怖いぃっ」

と、女王陛下は頭を抱えて絶叫した。

先代国王って、だいぶヤバい人物だったのかな。

「気性の激しい先代陛下によって、ロア王国内でのジャガイモの流通は禁止されてしまったんだ。それでも、一部の土地が貧しい地方では、黙認されていてこっそり食べられているし、本当はそれほど危険でないことも分かってきているんだけどね」

「そんなことがあったのですか……」

うーん、これはもったいないな。

荒地で育つジャガイモは、飢饉《ききん》に強い作物だと言われていて、栄養価も高い。それを普及させないのは、国全体にとって大きな損失かもしれない。

「アレン君はもともと東の国の出身だから、ジャガイモに抵抗感がないのかな」

「いえ、東の国にいたのは四歳までなので、ほとんど覚えてないです。ジャガイモのことを知ったのは、たまたま本を読んだからで……」

「そうか。博識だね」

「あ、いえ、そんな……」

前世知識で知っていたなんて事実は言えないけど、嘘《うそ》をつくのは気まずいな。

それにしても、こうしてジャガイモの話をしていると、久しぶりにジャガイモ料理を食べたくなった。フライドポテト、肉じゃが、ポテトチップス……。

「もしかして、博識ついでに、ジャガイモの調理法も知っていたりするのかな」

「え？」

「おお、そういえば、ラントペリーは新しい菓子を多く売り出しておるのだったな。ジャガイモでも何かできるのか？」

バルバストル侯爵の言葉に、お菓子大好きな女王陛下も立ち直って身を乗り出してきた。

「あー、そうですね。もしジャガイモをいただけるなら、何か作れるかもしれませんが……」

「いいね。善は急げだ。王宮の厨房《ちゅうぼう》でいいかな？」

「え？　ちょっと……」

「植物園で収穫したジャガイモを厨房に運んでくれ」

バルバストル侯爵は近くにいた使用人にそう命じると、王宮の厨房に俺を引っ張っていった。


厨房にいた料理長は、四十代くらいの感じの良い女性だった。

「ジャガイモ事件の後、先代女王陛下が厨房の料理人を大幅に入れ替えたから、若い人が多いんだよ」

と、バルバストル侯爵が言う。……食中毒に怒った先代国王が料理人たちをどう処罰したのかは、怖くて聞きたくないなぁ。

「ジャガイモ料理を作るから、手伝ってくれ」

侯爵が言うと、厨房の人たちは困惑した顔になった。食中毒事故で大騒ぎになったことは知っているだろうし、ジャガイモを扱うのは怖いんだろうね。

「大丈夫だよ。安全な食べ方は昔より研究されているし、何かあっても君たちを責めることはないからね」

と、侯爵は言う。

もしかすると、バルバストル侯爵はジャガイモを再び普及させるための機会をうかがっていたのかもしれない。ついてきた植物園のスタッフも、事情を分かっている人なのだろう。

「作るものは、こちらのアレン・ラントペリーが決める。彼の指示に従ってくれ」

「かしこまりました」

料理人たちが俺に一斉に視線を向けた。

「えっと、それでは、まずは持ってきたジャガイモを出してもらえますか？」

俺は出されたジャガイモの皮をむき、芽を取ってもらった。

「少々お待ちを」

下ごしらえのできたジャガイモを、いつも持参しているスケッチブックに描いてみた。

《皮のむかれたジャガイモ
問題なく食べられる美味《おい》しいジャガイモ》

うん、大丈夫みたいだな。

「それでは、これを薄くスライスしてください。それができたら、油を熱して――」

薄く切ったジャガイモを油で揚げると、

「仕上げに塩を振ります」

俺は無駄に高い位置からファサッと塩を振りかけた。

ポテトチップスの完成だ。

「味見します」

俺は揚げたてのポテチを一枚つまんで食べた。

「うん、美味《うま》い」

俺が食べるのを見て、横にいたバルバストル侯爵もポテチをつまんだ。

「そうだね。かなり良い出来じゃないかな」

周りにいた料理人や植物園の人たちも次々にポテチを食べて、

「美味しいです」

「今までに食べたことのない食感ですね」

「これはやみつきになりそうです」

と、高評価だった。

「むむむ……余は、余は……」

皆が美味しそうに食べるのを見て、女王陛下がうずうずしだす。

「へ、陛下はお待ちください。我々が食べて、安全が確認されてから――」

従者が必死に陛下を止めている。

「ええい、放せ！　余も食べるのじゃ！」

と、陛下は従者を振り切って、ポテチを口に放り込んだ。

「熱……うま……美味いぞ！　これは、美味いぞ！」

お菓子大好き陛下は、すぐにポテチに夢中になった。

「はふぅ。余の好きな菓子リストに新たな菓子が増えたの。甘いのも良いが、この塩気も素晴らしい。料理長よ、今後は午後のお茶の時間に毎日これを出すがよい」

「陛下、未知のものをそんなに食されては……」

「明日には安全が確認できるであろう。そうしたら、頼むぞ」

「は、はい。かしこまりました」

陛下、毎日ポテチを食べる気か。絶対ふと……俺は何も言わないぞ。

後日、安全の確認がされたポテトチップスは、女王陛下のお気に入りとして知られるようになった。

女王陛下が食べたことで、ジャガイモの禁制は解かれ、王国内で順調に普及していくことになるのだった。


その日、王宮から家に帰る俺は、大きな花束を抱えていた。植物園のスタッフからもらったお土産《みやげ》である。

家に着くと、シルヴィアが店に来ていると伝えられた。俺はそのままシルヴィアに挨拶しに客間へ向かった。

「シルヴィア……」

「アレン……えっ!?　それ……」

シルヴィアに声をかけると、なぜか彼女は目を見開いてソワソワしだした。

あれ？

彼女の視線は、俺の手元に向かっていた。俺が持っているのは、巨大な花束だ。ああっ。

……花束持って女性に声をかけたらヤベーじゃねーか。

どうしよう。いまさら、これ違いますって言ったら、それはそれで失礼だよなぁ。かといって、いただき物をそのまま人にあげるのも……。

「あ、この花束、王宮からもらってきたものなんだ」

俺はとりあえず事実を話すことにした。

「そうなの？　すごく大きな花束ね」

「うん。温室で育てた南方の珍しい花らしいよ」

ちなみに、仕事で描いていたのは毒草だったが、これは毒草ではなくちゃんと観賞用の花だ。

「へえ……すごいわね」

「あ、よかったら、これ、もらってくれる？」

「え？」

「やっぱり、こういうお花は、俺よりシルヴィアの方が似合うと思うし」

と、俺は花束をシルヴィアにプレゼントする流れを作った。

「でも、アレンが王宮からいただいた物なんでしょ？　悪いわよ」

「いいよ。俺が持つよりシルヴィアが持ってる方が、花束も喜ぶでしょ」

と、俺はシルヴィアに花束を押し付けた。

シルヴィアは花束を受け取ると、大輪の花に顔を近づけた。

「いい匂い……ありがとう、アレン」

と、彼女はほほ笑む。

「うん。似合ってるよ、シルヴィア」

花束を受け取ったシルヴィアは、本当に嬉《うれ》しそうだった。

不思議だよな。

花束って、いくら王宮からもらったレア物でも、宝石やドレスに比べたらずっと安いものだ。それに、すぐに枯れてしまう。

でも、それを受け取った彼女は本当に大事そうに花束を抱え、その気持ちが俺にも伝わってくる。

「ふふ。良い物もらっちゃった。私、今日はもう帰るね。もうすぐ日が暮れるし」

「そうだね。お気をつけて」

店先で、シルヴィアを見送る。

馬車に乗る彼女は、ずっと花束を抱えたままだった。

「可愛《かわい》い……」

ぼそりと呟《つぶや》いた俺の声は、誰にも聞かれていないつもりだった。

だが、後ろからそっと、

「難儀な子」

という、母親の声が聞こえてきた。

「え、うへっ、母さんっ!?」

母はそれ以上何も言うことなく、店の奥に去っていった。

……俺だって、難儀なのは分かってるよ。

俺は心の中で、言い返せなかった言葉を吐いて、ボリボリと頭を掻《か》いた。

MFブックス

異世界《いせかい》で天才《てんさい》画家《がか》になってみた 1

2023年11月25日　初版第一刷発行

著者　八華
発行者　山下直久
発行　株式会社KADOKAWA
〒102-8177　東京都千代田区富士見2-13-3
0570-002-301（ナビダイヤル）
印刷・製本　株式会社広済堂ネクスト
ISBN 978-4-04-683004-3 C0093

担当編集　森谷行海
ブックデザイン　AFTERGLOW
デザインフォーマット　AFTERGLOW
イラスト　Tam-U

本書は、2022年から2023年に「カクヨム」（https://kakuyomu.jp/）で実施された「第8回カクヨムWeb小説コンテスト」で特別賞（プロ作家部門）を受賞した「異世界で天才画家になってみた」を加筆修正したものです。

ファンレター、作品のご感想をお待ちしています

宛先
〒102-0071　東京都千代田区富士見2-13-12
株式会社KADOKAWA　MFブックス編集部気付
「八華先生」係「Tam-U先生」係

二次元コードまたはURLをご利用の上
右記のパスワードを入力してアンケートにご協力ください。

https://kdq.jp/mfb
パスワード
3zf22

● PC・スマートフォンにも対応しております（一部対応していない機種もございます）。
●アンケートにご協力頂きますと、作者書き下ろしの「こぼれ話」がWEBで読めます。
●サイトにアクセスする際や、登録・メール送信時にかかる通信費はご負担ください。
● 2023年11月時点の情報です。やむを得ない事情により公開を中断・終了する場合があります。